摘星咬一口

凝微——著
Tamaki——繪

目次

章一　你們眼中的我

01

「喂，你們聽說了嗎？今年的榜首，人長得超級正！」

「我看過她刊在簡章的照片，仙女姐姐本人就是她了啊。」

「而且她每一科幾乎都滿分耶！其他人還用活嗎？」

「……別、別說了，她過來了！」

話語一落，沒幾步遠的走道傳來輕盈的聲音。少女踩著黑亮的皮鞋，身姿優雅、氣質出眾，那頭柔順的長髮垂至腰際，微斂的眉睫有幾分慵懶的味道。

她白皙的側臉像是陶瓷，宛若出自名家的雕刻品，禮堂燈光打亮的那一瞬間，在眾人眼中成了一抹難以忽視的明亮。

她側過臉，嫣然一笑。

那一刻四周開滿了玫瑰花。

「應該沒有女人不喜歡錢吧？」見學妹貌美如花，有學長打起了歪腦筋，「我明天就開始追她，以我家的財力還怕追不到嗎？」

「你算了吧你！人家可是鞋業大亨的獨生女，每個月的零用錢搞不好都比你爸的月薪多。」

「啊？你是說……」

好心的同學瞇著眼看他，「對，就是綺麗兒鞋業，甚至你腳上穿的那雙學校指定皮鞋也是他們家的。」

「來、來頭這麼大啊？」那人只好摸摸鼻子，「好吧！漂亮的學妹也不少，我還是找別人好了。」

話題的主角當然沒聽見那些人的議論，依舊照她優雅的步調前進。走沒多久，她在人群中看見了熟悉的身影。

「施螢螢！」她揮手。

被喚住的女生一見是她，連忙興奮回喊：「妍星！」

李妍星笑了一下，加快步伐靠近她。施螢螢是她國中同班好友，能在新環境見到她，也算好事。

更何況，老天爺把她們分到同一個班，代表高中三年她們又得膩在一起了。

「我才在想妳怎麼還沒來耶！妳那麼要求自己，絕對不可能睡過頭，害我有點擔心妳是不是路上出事。」螢螢攬住她手臂說。

「司機載我來，我能出什麼事？我六點就到學校了，先去校長辦公室打個招呼，順便拿稿。」

「對吼！妳是新生代表。」螢螢用手肘撞了她一下，「等一下好好致詞啊！趁機釣幾個學長也不錯。」

她微笑，「螢螢妳啊……」

「好啦！別用那種眼神看我。」她心虛地別過頭。

鐘聲一響，開學典禮正式開始。

妍星和螢螢排入班級隊伍中，在眾人環繞的目光下坐好。妍星將雙手交疊在腿上，旁人看來又是一幅優雅的畫。

但她本人在現任學生會長上台致詞時皺住了眉，像是想起什麼不好的回憶。

「學生會長滿帥的耶！」螢螢拍了她一下，悄聲說：「不過很快就要選下一任了吧？妍星，妳……」

「但我沒興趣啊。」

「喔——好吧。」

後來，終於輪到新生代表致詞。妍星站了起來，下意識拍了拍百褶裙，才離開班級隊伍。很多人如癡如醉地看著她背影，紛紛猜測這個漂亮的女生是誰。當然，大多數的人都事先打聽過了。

李妍星，今年的全國榜首。除了人美之外，還是著名鞋業大亨的獨生女。每個人都想勾搭她，卻沒人敢踏出第一步。

這是一所貴族高中，富二代比平民多，但在多數人的眼中，李妍星是貴族中的貴族，沒有幾分內涵是配不上她的。

她站上台，手裡拿著背得滾瓜爛熟的講稿，以溫柔的笑容揭開序幕。

「校長、老師和各位同學好，我是一年五班的李妍星，很榮幸能代表全體新生站在這裡發言，首先……」

溫潤的聲音透過麥克風迴盪在禮堂，台下眾人聽得入神，連校長都發現這是歷屆以來學生最專注聽演講的一次。她帶著笑，心想學校端正、優雅的傳統能延續下去真是太好了。

她看了看妍星的側臉，十分滿意。

「最後，希望各位都能在這三年之中……」

「——小心妳的腳！」

這時，茫茫宇宙中忽然飛來一聲巨響！

妍星愣了一下，眼前閃過一個高大人影。下一秒，那個人抓住她肩膀，把她整個人往後推倒！

「啊啊啊——」她驚叫。

她揉了揉疼痛的大腿，在一片混亂中睜開了眼。

金色的目光對上她。

那是一個面容俊秀的男生，短髮染成陽光般的栗金色，額前的瀏海綁成一小撮，像一束光，看起來俏皮又耀眼。

好像一隻小獅子。

他的臉靠她很近，在沉默對視幾秒之後，唇邊彎起了調皮狡笑。

「……難怪蔥油餅會撲倒妳。」

蔥油餅？他怎麼看都是人啊。

忽然，她覺得自己的小腿濕濕的，還有一種難以形容的粗糙感……

「哇啊！」

有隻黑色土狗正在舔她的腿！

「李妍星同學！妳沒事吧？」司儀跑了過來，幾個老師也緊張地跟在後面。

她還呆滯著，就已經聽見訓導主任的怒吼：「安諾少！你又給我闖禍！」

「主任，蔥油餅跟著我進來禮堂，我也沒辦法。」像獅子一樣的大男孩笑著說。

「快站起來啊！別壓著妍星！」主任指著他們大叫。

「喔，差點忘了。」安諾少跳了起來，站穩的瞬間紳士地朝她伸出手，「不好意思，李妍星同學，妳有哪裡受傷嗎？」

她望著他，把手伸了出去。在他拉起自己時，她紅潤的雙唇彎成一道弧，「我沒事，謝謝你。」

「不愧是名媛淑女，這樣還不生氣。」他喃喃自語，隨後回頭說，「主任，我要先把蔥油餅帶出去嗎？」

「快點把那隻狗給我帶走，別搞砸了開學典禮！」

「是。」

話一落，他抓住那隻土狗的牽繩，用力往外拉。但那隻狗大爺卻怎麼也不肯走，一直纏著妍星的美腿不放。

妍星保持微笑，還摸摸狗的頭，輕聲叫牠快走。

台下眾人把女神的良好教養全看了進去，忽然覺得也不是什麼大事了。

「完了，蔥油餅很喜歡妳。」安諾少想了想，忽然問：「同學，妳致完詞了嗎？」

妍星分神抬頭看他，「嗯，是沒錯……」

「這樣的話……」

那一秒，乘著陽光的男孩堆出了滿臉笑意，眼中卻閃現惡魔因子。

「一起走吧！」他抓住妍星的手，像一陣風從階梯衝了下台！

不顧訓導主任的崩潰叫喊，安諾少就這麼帶著新生代表衝出禮堂。

當然，那隻狗也跟在後面。

「哈，蔥油餅果然跟來了。」放開了妍星，安諾少笑著回頭。

那一刻，他沐浴在陽光下，真有幾分金毛獅王的樣子。

「同學，妳真的沒事吧？」他再度確認。

她的表情很鎮定，語氣十分溫柔，「嗯，我沒事。」

「那就好。不過啊，妳的教養真是好耶，經過了剛才這一齣還……」

「不過，同學。」她打斷他，加重了那兩個字。

「嗯？」安諾少臉上還有笑意。

沒有沉默太久，妍星主動對他揚起一抹甜美微笑。

她優雅地走近他，在人高馬大的安諾少身旁踮起腳尖。然後，在他耳邊輕聲說：

「幹，你他媽誰啊？」

李妍星：我是李妍星，性格優雅、氣質非凡，每個人都說我是千年一遇的溫柔淑女。可惜，那比施螢螢臉上掉的假睫毛還假。

02

李妍星很溫柔，一直都很溫柔。

一直都……才怪。

在一般人面前，她是氣質名媛沒錯，但在多年好友面前，她只是一個氣場強大、滿嘴髒話的毒舌女。

這一點，和她同班邁入第四年的施螢螢最是知道。

不過，現在知道的人又多一個了。

「……妳說什麼？」安諾少抽了下嘴角。

「說幾次都行。」妍星雙臂交叉在胸前，聲音彷彿來自地獄：「你他媽誰啊？我最討厭狗的口水，你算哪根蔥拉著我到處跑？」

「……」

安諾少呆望著她，那模樣看起來很萌，但妍星不吃這套。她高傲地注視他，正在想該怎麼處理這個大逆不道的傢伙。算了，還是交給德叔好了，他比較明白要怎麼讓人痛苦。

「看屁？」

「妳……」

她以為這頭小獅子下一秒會逃跑，但他沒有。

「喂，原來妳是這種人？」他扯開一抹笑，澄金色的目光鎖著她。

「哪種人？」

「很有趣的人。」

她挑眉，不認同他情聖般的發言，「這樣還覺得有趣，你是被虐狂嗎？」

安諾少轉身把蔥油餅還給警衛，才回眸看她。警衛見安諾少的身邊跟著李妍星，開心地向她打了招呼。

「你好，警衛叔叔。」她換上優雅笑容。

「李妍星同學嗎？我知道，今年榜首嘛！妳本人比照片還美啊！」

「謝謝，叔叔你過獎了。」

「哎喲！諾少，你看人家那麼有教養，多跟人家學學啊。」警衛笑得開懷，摸了摸在身邊搖尾巴的蔥油餅，「啊，開學典禮結束了嗎？我記得還沒聽見鐘聲啊！」

妍星正想解釋，但安諾少搶走了她的話：「蔥油餅跑進禮堂搗亂，我們只好奉命把牠抓出來，現在要回去了。」

她嘴角一抽，沒說話。

「喔！那快回去，訓導主任恰北北，再晚就有你受的了。」

「嗯，大叔再見！」安諾少朝他揮手。

「再見。」妍星點了一下頭。

回禮堂的路上，妍星一句話也沒說。安諾少一直看她側臉，那目光頗具深意，看得她渾身不舒服。

「嘿，李妍星。」

她的個子算高，有一百六十八公分，但面對目測一百八以上的安諾少，她還是必須抬眼看他。

「妳這樣不累嗎？」

「啊？」

「我說，當雙面人不累嗎？」他目光炯炯。

在無人徘徊的門口停下腳步，她雙眸一抬，伸手就掐住他脖子。她沒有真掐，卻讓他感覺得到壓迫感。

「……」這女生力氣好大。

「干你屁事。」她一字一句地說。

放開他，她伸手要打開禮堂大門，對方卻阻止了她。

妍星望向他，而他直視她雙眼，「想對人好就對人好，對人不好就對人不好，這樣不好嗎？」

沒理會他的繞口令，她低聲說：「讓開。」

「喂，我只是要幫妳開門。」他替她拉開沉重大門，在禮堂燈光打亮他們那一瞬間，安諾少朝她淺淺一笑，「請吧。」

真是怪人。她皺了下眉，快步走進禮堂。

台上正在介紹新任教師，但最後一排擠滿了遲到的學生，妍星左顧右盼，想從人群中找到縫隙鑽進去，藉此回到班上。

不過，那些遲到的學生大多是紈褲子弟，一看見她，笑得連罰站都不罰了，全部朝她圍過去。

她維持優雅的笑，心裡卻罵聲不斷。

「請你們借過一下，謝謝。」

「等一下再回去啊！老師也沒發現妳回來了。」學長笑著把臉湊到她面前，「妍星，妳很喜歡狗嗎？剛才看妳對那隻蠢狗很溫柔耶！」

「那隻狗那麼髒，舔妳的腳，妳還沒生氣。」

「別一直笑嘛！跟我們說說話——」

那一秒，有學長抓住她的手腕，她不小心露出嫌惡的表情。不過，有個人解救了她，沒讓她的臭臉被看見。

安諾少低頭看著她，「快回去吧。」

他用身體替她擋去鹹豬手，而她一愣，在穿越人群之際聽見身後傳來的閒話。

「嘖，那是誰？」

「不就是那個野孩子嘛。」

妍星忍不住回頭，但安諾少高大的身影擋住她視線。

然後，他大聲喊：「主任！我回來了！」

這聲音引起訓導主任的注意，紈褲子弟全又排排站好。兩人慢慢走向前方，主任見了他們，劈頭就說：

「你這小子！闖了禍還拉著妍星亂跑。」他捏住安諾少的耳朵，痛得他大叫。「妍星，妳先回座。」

「是。」

她走回班上，途中又回頭看了他一眼。那傢伙被訓導主任罵得狗血淋頭，臉上卻依舊帶著微笑。像一隻什麼都不怕的小獅子。

「果然是怪人。」

「妳說誰？」螢螢好奇地問。

「拉著我亂跑的那個。」

「喔！他挺帥的耶？比學生會長還優。」螢螢又花癡上他了，「看他跟主任很熟，應該是學長吧。」

「隨便。」她一點也不想知道。

「妍星，把妳的臭臉收一下，很多人在看妳喔。」

妍星用手肘撞了好友一下，掛上完美的笑。

他說對了，當雙面人是挺累的，不過……

干他屁事。

典禮結束後，妍星跟著班上隊伍走，卻在門口附近看見安諾少。他伸長了脖子，像在找什麼人。

她下意識低頭，經過他身邊時，忍不住抬眼看他。

安諾少對上她的視線，對她揚了一下嘴角，什麼話也沒說。隊伍前進了，他們擦身而過。

在找誰呢？

「我還以為他在等妳。」螢螢忽然說。

妍星愣了一下，皺眉說：「怎麼可能。」

「也對。」

她走下階梯，沒有再回頭。

……不過，她剛才也是那麼以為的。

安諾少：我叫安諾少，很多人說我長得像獅子。不是頭髮很炸的那種，他們說是感覺像。嗯？我也不知道為什麼。

03

這是一所貴族高中，在裡面就讀的學生，不是菁英就是笨蛋。

為什麼這麼說？

想進入這所學校，除了升學考要達到一定成績之外，還必須參加特殊招考。題目很難，就連李妍星也沒拿到滿分。

如果不擅長唸書的話怎麼辦？沒關係，只要有錢，也可以進這所高中。

施螢螢就是屬於後者。她不會唸書，但富可敵國，輕輕鬆鬆地跟著妍星上了這所高中。

總之，想讀這所高中，如果沒腦袋就要有錢。這很公平，因為不管是智商還是財富，都是一種實力。

當然，像李妍星這種既有錢又會唸書的學生寥寥無幾，所以全校師生都把她當神，不僅推她當新生代表，連下一任的學生會長選舉都有意要推她出來。

她本人不願意就是了。

「妍星，妳真的不選？學生會長都來我們班上勸妳當他接班人了。」下了課，施螢螢邊拿著隨身鏡補妝，邊勸說正在收拾桌面的妍星。

「這麼有興趣的話，妳幹嘛不去選？」

「我？誰會投我啊！」她大笑，「況且我一點都不想做事，只是聽說學生會一向都聚集很多帥哥美女，想進去看一看而已。妳去選嘛！當上了就給我一個涼缺做。」

妍星背對班上學生，惡狠狠地給她一記眼刀，「施螢螢，上了高中妳還是這麼花癡，哪天被無良學長拐了我可不救妳。」

「呵！我還巴不得他們來拐，最好是有健壯腹肌的，喔，一想到就……」

「閉嘴。」

「妳就只對我兇。」她淚眼汪汪。

「這是妳的榮幸，李妍星的壞脾氣可不是人人都能看見的。」她自嘲，一轉身就恢復優雅笑容，把經過她們位子的男同學電得七葷八素。

「好懷念國中的妳。」

妍星回頭，這一次的眼刀比剛才更凌厲。

「抱歉，我不說了。」她自覺說錯話。

「我去收班費。」扔下好友，妍星趁著下課時間走到台上。

第一天她就被選為班長，即使無奈也要把事情辦好，這是她的原則。

「有人已經帶錢的嗎？可以先交給我。」

眾人一聽，有錢的笑嘻嘻地湊了過去，沒錢的也圍在旁邊湊熱鬧。妍星帶著微笑收完大部分的錢，目光一轉，對上了第一排某個男生的視線。

那男生染了一頭灰髮，左邊的鬢角比較長。他的神色冷淡，眼中還隱約透著一股厭惡。妍星不記得自己有惹到他，本來不想跟他搭話，但既然都對上眼了，索性問他有沒有要繳班費。

「沒錢。」他的聲音很冷，卻很順耳。

「嗯，明天交嗎？」

他連看都不看她，「我不像你們這些人，身上隨時都帶錢。」

幹，她有說什麼嗎？妍星的頭上爆出青筋，卻維持笑容，「好，下次記得交。」

她瞥了他一眼，胸前繡著「連禦」兩字。

嗯，有印象。

「妍星，那男的看起來也好可口，是高冷型的耶。」花癡女又出現在她身後，小小聲地說：「不知道他是富可敵國派，還是才智超群派？」

施螢螢說的是學生的派別。在這所高中裡，學生們早就自動分成兩派，有些人甚至還會敵視對方，一邊覺得你窮酸，另一邊又覺得你沒腦，脾氣比較差的還會因此打起來。

這時候，就得由李妍星這種有錢又有腦的來維持校園和平。所以，歷屆的學生會長通常都是李妍星這種學生，才能讓兩邊信服。

「妳說連禦？他是考進來的，理科比我高分。」但整體輸她就是了。

「喔！他好像很討厭有錢人。」

「干我屁事，要討厭就隨他討厭，準時給我交班費就好。」妍星溫柔一笑，「……交不出來就準備賣血，我親自下手。」

「別用那麼溫柔的表情說啊。」

第一次上英文課時，他們就聽老師說這是全英文教學。班上的笨蛋派哀鴻遍野，但也只是象徵性地叫幾聲，他們的眼睛都黏在手機螢幕上，根本沒在理老師。聰明派的學生振筆疾書，像是怕自己的聰明才智輸給了誰。

教室很安靜，只有老師說著流利英文的聲音。

妍星專注聽講，在老師轉身把黑板擦掉時，低頭瞥了一下班費登記表。她望著上頭記錄的座號，怎麼看都覺得不對勁。

她一向記性很好，怎麼想不起來五號是誰？這個人還沒交班費，班上在自我介紹的時候也沒看見他。

「報告！」熟悉的聲音打斷她思緒。

她抖了一下肩，驚訝地往教室門口看。

安諾少站在那裡，左邊臉頰有一個瘀青，看起來很好笑。

老師皺眉看他，而他馬上解釋：「老師，訓導主任剛才找我泡茶，來晚了，不好意思。」

班上學生被他逗笑，老師也是。她笑了一下，以英文說：「Back to your seat.」

聽了，安諾少一下子跑到教室最後方，站在那裡看著老師。

老師忍不住說中文：「你去那裡幹嘛？」

「老師，妳不是要我罰站嗎？」

又是一陣大笑，老師抽動嘴角，慢慢說：「……我叫你回座位。」

「是！」雖然被嘲笑了，但他一點都不挫折，帶著笑意走向五號的座位。

螢螢坐在妍星的後面，用筆蓋戳了一下她：「喂，那個人不是學長耶！竟然跟我們同班。」

「嗯。」妍星瞥她一眼，沒多說什麼。

「看起來是富可敵國派的喔！那麼簡單的英文都聽不懂。」

「妳就聽得懂？」

「那當然！」螢螢絕對不會說她以為老師要他移動講桌。

中午的時候，她跟螢螢一起去了學生餐廳。這裡很高級，完全不輸外面的餐廳。她們在餐盤上裝好食物，就找了個沙發區坐下。

有幾個男生看見她們，就在附近繞來繞去，考慮要不要上前搭訕。

妍星習慣了，全都當作沒看見，但她的花癡朋友可不是。

「喂，妳三點鐘方向的那個小鮮肉還不錯，穿制服還這麼有線條，底下一定春光無限。」

「七點鐘方向的也在看妳！花美男型的，沒什麼肌肉，但臉皮不錯。」

「喔，那個──」

「施螢螢。」她抬眼，聲音低沉得像來自地獄，「妳再吵，我就把妳跟妳最喜歡的『雞肉』一起塞進廚餘筒。」

「喂，李妍星同學。」

這不是螢螢的聲音。她抬頭，觸見安諾少在對面坐下，揚著笑臉。

「我以為妳對誰都很有禮貌，想不到例外的人不只我一個。」

施螢螢：看他那黃金鎖骨！淋浴的時候一定很迷人……喔，我叫施螢螢，興趣是偷看男人的青春肉體。

04

「咦？是你！」絲毫沒察覺好友的臉已經黑了，螢螢熱絡地向他打招呼，「你叫什麼名字？我有點忘了。」

「我叫安諾少。」

「嘿嘿！我是施螢螢，跟妍星從國中同班到現在。」

「難怪。」他看著妍星，輕輕勾起嘴角，「嘿，妳對老朋友才會現出原形嗎？」

這話是問她的，但她靜靜吃著飯，顯然不想理他。

螢螢替她回答：「也不是這樣說啦！妍星她國中的時候——」

「螢螢。」妍星終於抬起頭。

「喔！我忘記妳不准我說。」

「什麼事不准說？」

「很重要嗎？」妍星皺眉看他，「別對我的事這麼好奇，很煩人。」

他沒被打擊，很乾脆地道歉：「抱歉，是我多嘴了。」

螢螢望向他餐盤，轉移話題：「你怎麼吃這麼少？看你的樣子，不像是食量小的人。」

妍星瞥一眼，只看見一小碗白飯和兩樣比較便宜的菜。這種份量，連她都吃不飽。

「這邊的東西很貴。」

「啊？你不是有錢人嗎？」螢螢歪著頭，「看你英文那麼爛，應該不是考進來的才對。」

安諾少愣一下，「妳說話真直。」

妍星低頭喝了一口湯，輕聲說：「在這所高中，每次段考第一名的學生可以拿到銀鈕扣，別在領口，所有餐點都能打對折。」

「我知道，但我不可能拿到。」

「是每一科的第一名都有，不是全科平均。」

「是喔！我都不知道。」螢螢驚奇。

妍星睨她，「妳這敗家女哪有差？何況，妳也不可能拿到銀鈕扣。」

「怎麼會告訴我這個？」安諾少撐住下巴，「妳應該知道我英文很爛才對。」

「既不有錢，英文又爛，那就是由特殊管道進來的。」她挑眉，「……你有什麼專長吧？」

他笑了一下，「不愧是李妍星，真聰明。」

「什麼專長？」螢螢興奮地問。

「我得餓肚子餓到第一次段考了。」他沒正面回答，卻給了線索，「希望體育課的時候我還有力氣考試。」

「哇！難道你是——」

「這不是安諾少選手嗎？」有幾個男生走了過來，目標卻不是姸星，而是翹著腳的安諾少。他們圍著他說了很多話，姸星聽得模糊，覺得耳朵有點痛。

「姸星，他是田徑國手耶！難怪學校要收他。」螢螢靠在她耳邊說。

知道啦，她也有聽到。

她也知道這所學校會收體育或音樂資優的學生，只是沒想到安諾少來頭這麼大。

「那他怎麼不讀體育班？」

「誰知道。」姸星沒興趣問。

用面紙擦了擦嘴，姸星拿著餐盤站起來，準備去倒廚餘。安諾少叫住了她，那笑容有點神祕。

「喂，妳體育也不錯吧？」

「啊？」

「被我拉著跑的時候，妳速度也很快。」

「你還敢說？」

見姸星轉身就走，螢螢連忙陪笑：「別介意，她本來就這樣。」

安諾少笑了一下，那笑容讓螢螢的心中敲鑼打鼓。哇，姸星這麼不屑他真是可惜了。

去倒廚餘的時候，那個討厭有錢人的連禦剛好排她前面。她望了一下他餐盤，吃得很乾淨，只剩雞腿的骨頭。不過，他先把筷子丟了，那骨頭黏在餐盤上，怎麼敲都掉不下去。

姸星看不過去，伸出筷子幫他把骨頭撥下去。

連禦愣一下，回頭看是她，皺了皺眉，又看向她餐盤。

「有錢人都浪費食物。」他冷冷地說。

她抽了下嘴角，望向自己裝滿剩飯的餐盤，「不是，是那個打菜的阿姨幫我裝太多了。」

「妳應該適時拒絕。不過，你們懶得動嘴巴吧？」

靠，這個人是怎樣？總是你們、你們地講，難道全世界的有錢人在他眼裡都是渣嗎？

她勉強勾起一抹笑，「借過，我要倒廚餘。」

「哼。」他鼻子哼了一聲，轉身離去。

幹。

離開之前，她踩到一個東西。她低下頭看，發現是一個像手鍊的物品掉在地上。她馬上撿起來檢查，還好沒被自己踩壞。不過，棉線的部分已經鬆脫了，看起來很破舊。

是連禦掉的嗎？

她抬頭尋找對方，卻已不見蹤影。

「妍星！」螢螢跑過來找她，似乎很慌張。

她把手鍊放進口袋，「怎麼了？」

「有學長來找安諾少麻煩！」

她眉一皺，往他們剛才坐的地方看。幾個學長圍住了沙發區，妍星認出是在禮堂上擋她路的紈褲子弟。

「他們看起來不懷好意，怎麼辦？」

她當然也有眼睛看，「為什麼麻煩的人總是喜歡聚在一起？算了，過去看看。」

連禦：我叫連禦，喜歡的東西是數學和理化，討厭的是……哼，沒必要說吧。

05

每個學校都有仗勢欺人的傢伙，這一間也不例外。

妍星抬頭挺胸，後面跟著鼠輩螢螢。紈褲子弟圍著安諾少不知道在說什麼，其中一人發現她，用手肘撞了一下身旁朋友。

「你們本來就坐一起嗎？」那學長自言自語，打量他們好幾眼，「才剛開學，你就糾纏新生代表，好可怕。」

「家裡沒錢就會想糾纏富家女嘛！啊，施螢螢也很有名，爸媽是做3C的，難怪你會找上她們。」

妍星一聽，就明白這又是老問題。這些學長瞧不起平民，就鎖定了靠體育成績進來的安諾少。不過，她不是學生會長，說的話他們大概也不會聽。

「喂！關我什麼事，安諾少有興趣的是妍星，不是我。」螢螢忍不住大叫。

「……」這豬隊友。

「喔？我倒覺得妳也很不錯耶，身材很好。」另一個學長笑嘻嘻地說。

「變態！」

「誰是變態？妳裙子改那麼短不就是要給人看？」

見話題轉向自己，螢螢生氣地指著那些人：「才不是給你們看！你們沒身材也沒臉蛋，我又不是笨蛋。」

「妳說什——」

「學長。」妍星制止了他們，神色平靜地說：「快打鐘了，不回教室的話會被登記喔。」

「我們又不怕被登記。」

「但我聽說午休被登記的話，放學要留下來自習。」妍星微笑，「訓導主任在開學典禮的時候說的。」

學長一愣，飆出髒話：「幹！好像有這麼一回事。」

「算了，我們教室太遠了，下次再找他。」

同班的學長拉著他走了。剩下兩個人看情況無趣，也跟著離開。

妍星回頭，瞥了眼安諾少，「喂，你幹嘛什麼話都不說？」

安諾少臉上帶著一樣的微笑，「我不打算招惹他們。這種人多的是，每個都惹的話這三年會很麻煩。」

「和平派的人很少了耶！」螢螢佩服他，「那些傢伙討厭死了，真虧你還忍得住。」

「我看他們只是想說說閒話而已，也沒什麼殺傷力。」說完，安諾少望向妍星，對她淺淺一笑，「總之，謝了。」

她愣了一下，才別過頭說：「我又沒做什麼。」

他點點頭，「我還有約，先走了。」

妍星沒說話，等他離開之後才望向他背影。

「沒想到他蠻沉穩的，看他在開學典禮大鬧一場，我還以為他是個心浮氣躁的小夥子。」

「妳哪隻眼睛看到他沉穩？他只是不想惹事。」

「哎喲，這樣也很好啊！」

「別花癡了，快點回去。」

「好啦！」

轉身時，妍星想起了安諾少曾經對她說的話。他說當雙面人很累，代表他也不認同這樣的做法。可是，他剛才的笑容……她覺得不是那麼真心。

而且，都快午休了他是跟誰有約？

「妍星，妳怎麼了？」螢螢奇怪地問。

她才發現自己停在樓梯上不動。皺了下眉，她告訴好友沒什麼，便趁鐘聲響前趕緊回到教室。

果然，安諾少不在座位上，即使鐘聲響了也沒見他回來。

放學的時候，班導把妍星叫了過去，說是自己要開會，沒辦法顧著留下來自習的同學，問她願不願意代勞。

妍星的腦中浮現了安諾少的名字，抽了一下嘴角，才優雅地答應班導。

算了，先預習明天的課也不是不行。

「我先回宿舍睡覺囉！」螢螢邊背書包邊說。這三年她選擇住校，說是在宿舍能看見對面陽台的小鮮肉，她絕對不會放過這機會。

「錢那麼多還去占別人名額。」妍星翻白眼。

「話不是這麼說啊！我又沒補助，不像考進來的學生有住校補助金。」她笑著溜出教室，「明天見啦！」

妍星隨意地揮了下手，便坐下來看書。

教室的人幾乎都走光了，只剩下被登記的安諾少，還有一個戴眼鏡的女生。妍星忍不住回頭看她，她坐在最後一排，安靜地看著書。今天被登記的人只有安諾少，所以這女生是自願留下來的吧？才開學第一天而已，她沒看過這麼認真的學生。

她端正坐姿，準備開始預習。

「嘿，李妍星。」安諾少走過來，在她前面的位子坐下。

她抬眼，看起來很不爽。

「妳的眼神很可怕喔。」他壓低聲音，避免被那個女生聽見，「妳是不是放學有什麼計畫？所以才這麼不高興。」

「就算沒有計畫，我也不想留在這裡陪笨蛋讀書。」

「聰明人還真刻薄。」他望著她，眼中堆滿了笑意。

她瞥了他一眼，發現笑意背後的疲憊。

「午休為什麼沒回來？」他害了她，她總想知道原因。

「我去告白。」

妍星雙眼冒火，「你騙誰啊！」

「就知道妳不相信。」他大笑，但不打算繼續說。他轉回身子，在別人的座位上看書。

他果然是怪人。很開朗，卻藏著很多祕密。但看他的樣子，又像是沒有祕密。

雖然不高興，但他們的氣氛還算和平，直到身後爆出一聲尖叫。

「哇啊——」那個戴眼鏡的女生站起來大叫，聲音又細又尖，差點把妍星的耳膜震破。

「怎麼了？」安諾少也回頭。

「有、有小強！」她以百米速度衝向他們，看起來很害怕。

「在哪裡？」

「抽屜！」

安諾少離開座位，輕輕把擋在面前的眼鏡女推開，「我來處理。」

眼鏡女被他碰了一下，白皙的臉竄上一抹紅。

妍星很鎮定地站著，瞥了下她胸前，繡著「潘佳芯」三字。

安諾少拿著衛生紙探向抽屜，不一會兒，小強先生振翅而飛，惹得潘佳芯又是一陣尖叫。

但那傢伙看起來一點也不怕，從書包拿出墊板，像在打棒球一樣，把小強打落地。小強先生動了幾下，生命值歸零。

「真準。」妍星喃喃自語。

「妍、妍星，妳不怕蟑螂嗎？」

她發現潘佳芯有一張很秀氣的臉，感覺就是那種什麼都怕的類型。

「不怕，只覺得有點噁心。」她自認蠻勇敢的。

「原來妳不怕蟑螂啊？」安諾少也聽見了，他拿衛生紙把小強包起來，徒步朝妍星走來。

她正疑惑他要幹嘛，下一秒，他居然把那包東西伸到她面前，「那給妳處理。」

妍星瞪著那根沒包好的觸鬚，理智線啪一下斷了。

「靠！你找死啊！」她一巴掌從他的頭打下。

「啊，開玩笑的啦！妳竟然真打！」

「開這種無聊的玩笑，想被我揍是不是！」

「妳已經揍了。」

她氣得七竅生煙，絲毫沒注意潘佳芯呆望著她。

「妍星，妳……」她嘴巴一張一合。

安諾少倒是清閒，「啊，李妍星同學破功了。」

「……」

幹，她一再失控都是這蠢貨害的。

潘佳芯：我、我是潘佳芯，一直很崇拜十項全能的妍星。可、可是那是披著妍星皮的誰啊？

章二　藏在心

01

的確，她維持優雅形象的時間不算長。

可是，她也沒預料到自己會這麼快破功。當初會在安諾少面前現出本性，也只是因為受不了他在開學典禮鬧事，還有那隻狗的口水逼得她理智線斷掉才會那樣。

但潘佳芯什麼都沒做，她卻在她面前破功了，這全是安諾少的錯，他根本就是她的剋星。

那個午後很不平靜，妍星只記得自己揍了他好幾下。

「安諾少真耐打，被妳巴過那麼多次了還一直來找妳。」

她望向螢螢，不耐煩地說：「老是這麼煩人，來幾次我打幾次！」

「哈！他對妳真的很有興趣耶。」

「他只是喜歡看我變臉罷了。」

她會這麼說，可不是沒道理。安諾少總是喜歡在她周遭有人的時候鬧她，逼得她必須用優雅的表情叫他滾蛋。

但奇怪的是，假如她真的有破功之虞時，他又會巧妙地替她擋去眾人視線。

說這人有病，還真的有病。

「李妍星！」

靠，又來掛號了。

「我來交班費。」他把鈔票放在她桌上。

她瞥他一眼，這班費總算是收齊了。拖了好幾天，她還以為他交不出來。

「我以為連禦已經夠慢了，沒想到你更慢。」

連禦那傢伙邊交錢邊碎碎唸，搞得她烏煙瘴氣，安諾少竟然更拖時間，害她還得向老師延後幾天。

「抱歉啦！」他也沒說原因，笑了一下就走了。

他沒纏著自己瞎扯，她覺得有點意外。不過，這樣也好。

那天放學，妍星拿著裝了班費的信封，書包背著就往老師辦公室走。她從一樓走到五樓，走得氣喘吁吁，很後悔沒搭電梯。

把班費交給老師後，她正要下樓，卻看見一個熟悉的背影坐在四樓樓梯上。

那不是安諾少嗎？栗金色的頭髮很好認。

旁邊坐了一個女生，頭髮很長，光從背影看不出來是誰。

她只皺了一下眉，便決定繞過他們，當作沒看見。

「我現在就是沒辦法！」那女生的情緒很激動。

妍星縮回腳，下意識躲在扶手旁邊。

「……為什麼？」安諾少的聲音聽起來很沉。

「你知道我的立場吧！我不是說過了嗎？學校的風氣就是這樣，如果還沒改變就跟你在一起，絕對會被排擠。」

「所以，妳一開始就不打算答應？」

那女生遲疑了，好半天才說：「我又不是那個意思！」

「妳想私下交往？」

「這也不行！一定會被發現。」

「那妳當初為什麼叫我追過來？」

「我怎麼知道那些人會看不起你！」

安諾少起身，聲音又更沉：「……看不起我的是妳吧。」

「諾、諾少……」

正在偷聽的妍星吞了下口水，沒料到他們的氣氛會變得這麼緊張。這時，有人經過她的眼前。

一見是認識的人，她便把他拉住，阻止他下樓梯。

「妳幹什麼？」連禦愣了一下，很快地把她的手撥掉。

「等一下再下去。」

「為什麼？」

「我在聽……啊，總之等一下。」她掛上招牌微笑。

連禦看了她一眼，又看了下樓梯間的狀況，臉更臭了。

「妳在偷聽？」

妍星懶得解釋，又怕他大聲嚷嚷，只好說：「請你配合一下，謝謝。」

連禦完全不想理她，抬起腳就往下走。

她又伸手拉他，力氣大得讓他往後退了一步。

「喂，妳到底要幹嘛？不要抓著我！」

「你就等一下，一下下就好。」

「誰要理妳！」

連禦拔高音量，底下那兩人聽見怪聲音，忍不住回頭。妍星在那一秒把他拉到扶手旁邊，逼他坐在樓梯上。

「妳幹什——」

「給我閉嘴。」她目光凶狠。

連禦愣了一下，以為自己看見了母夜叉。

她湊向前，從扶手間的空隙觀察那兩人。那個女生也站起來了，她的手抓著安諾少，像在解釋什麼。

但他不領情，轉身就要走。

距離更遠了，妍星聽不清楚他們在說什麼，只知道最後那女生捶了一下他的背，怒氣沖沖地走了。

這是演哪齣？

「喂，我可以走了嗎？」連禦陰惻惻地說。

妍星瞥他一眼，「嗯。」

他又看了她幾秒，沒說話。

「你不是要走了嗎？」

「我當然會走。」連禦抬起腳，經過她身邊時嫌惡地說：「妳還真虛偽。」

妍星沒吞下這口氣，手一伸就把他拉退一步。

「那正好，我也不想裝了，以後你再用這種口氣跟我講話，就準備死。」她冷冷地說。

他愣了一下，像看見流氓一樣拔腿就跑。

妍星嘆了口氣，拍了拍裙擺就跟下去。走到三樓時，有個人從背後遮住她眼睛。

「誰、誰啊！」她嚇到。

安諾少把頭偏到她面前，嘴角上揚，但目光沒有情緒。

「李妍星，妳偷聽我說話？」

「……」

「是不是？」

她別過頭，「我只是剛好要下樓，不小心聽到而已。」

「嗯。」他望向別處，不知道在想什麼，「別說出去就好。」

「白癡，我能跟誰說？」

「也對。」他的視線回到她身上，「……妳有什麼看法？」

「啊？」

「那個女生是我國中學姐。她家很有錢，身邊也都是有錢的朋友，她覺得跟我在一起會被排擠。」

妍星皺了皺眉，一時也不曉得該說什麼。的確，這所學校很多這樣的人，他們沒有明目張膽地霸凌彼此，但在朋友的選擇上往往會跟自己相似的人聚在一起。這一點，很多人在進來學校之前就已經知道了。

「……之前，她要你考上跟她一樣的學校嗎？」

「嘖，妳全部都聽見啦？」

她瞪他一眼，「我又不是故意的！」

「知道啦。」他笑了一下，心情卻不是很好，「嗯，國中的時候我跟她很曖昧，她叫我考跟她一樣的高中，考上了就跟我在一起。」

她想了想，「喂，安諾少。」

「嗯？」

「以這所學校的知名度來講，還沒入學前應該就會聽說派別的事。所以，我覺得……」

「我知道。」他勾了下嘴角，眼神卻黯淡下來，「她大概是反悔了。」

「雖然不想這麼說，但我猜她是有了新對象。」

安諾少竟然笑了，「妳也會顧及我的心情？」

「你什麼意思！」

「沒事，只是很驚訝李妍星同學也有溫暖的一面。」

她一巴掌打響他腦門。

「喂！妳真的很暴力！」

「對付鄉下人用蠻力就夠了。」

她總是戲稱他鄉下人。並不是覺得他窮酸，而是這傢伙真的很奇葩。聽說他是在鄉下長大的，才來都市的高中一個月就已經鬧過不少笑話。

妍星一點都不願回想，反而以後大概也避免不了。

「心情糟透了，我要回去睡一覺。」說完，安諾少就走下樓梯。他也住學校宿舍，聽每天偷窺男宿陽台的螢螢說的。

「喂！」

安諾少回頭看她，藏不住低垂的嘴角。

「開學那天，你真的是去告白？」

「對，但我沒等到她，因為她聽說午休遲到會被留下來自習。」

「我中午不是也有說嗎？你幹嘛還去？」

「我傳訊息問她要不要改約時間，她也沒回。我不確定她會不會去，還是跑去等她了，總不能讓她白等吧。」

她皺了下眉，「她一定不會去。她剛才都那麼說了，怎麼可能會在意你們的約定。」

「我也是這麼想。」

她才正想說他矛盾，安諾少的腳步已經折回來，還伸手弄亂她整齊的瀏海。她又想揍他，但他平靜的目光讓她停住了所有動作。

「以後妳也多相信我的話一點吧。我說告白，才不是開玩笑。」

「……」

當時的他，是用什麼心情說出那句話？

總是開玩笑的人，會不會其實比誰都認真？

李妍星：他真的是一個很欠揍的鄉下人。不過，看在他失戀的份上，我就不揍他了。

02

妍星覺得班上的奇葩很多。除了安諾少之外，連禦大概也是一個。

關於連禦這個人嘛，她以為他就只是純粹討厭有錢人而已。但這一天，她發現了一個祕密。

體育課的時候，老師叫全班分組，分批去測體適能的每個項目。妍星他們跟潘佳芯剛好站在一起，就被老師分成一組了。

啊，碰巧被分在一起的還有一個人。

「你別老是用這種眼神看我們嘛！我雖然家裡很有錢，但人很好相處喔。」喜好男色的螢螢貼了過去，兩隻鹹豬手不停在連禦的肩膀上摸啊摸。

連禦退後一步，卻總是甩不開狼女。

「離我遠一點。」

「哎，別這麼小氣嘛！」

「妳、妳在摸哪啊！」

「我哪有摸？我只是幫你撥掉灰塵……」

對，螢螢真的是吸塵器，但吸的位置不太對就是了。

「他好像真的很討厭妳們。」安諾少的表情像在看戲。

妍星懶得看那個人，「干我屁事。」

「妍星，我們要先測哪個項目？」佳芯輕柔地問。

「就坐姿體前彎吧。」

那四人跟著妍星走，也沒異議，畢竟坐姿體前彎離他們最近。妍星第一個坐下來測，安諾少幫她看，三十四公分。

「啊！妳筋也太軟了吧！」螢螢在後面怪叫。

「就知道妳還不錯。」安諾少笑著說。

不錯？哪裡不錯？從哪裡看的？妍星用看變態的眼神看他。

安諾少也坐了下去，一測，三十三公分。

「天啊！男生三十三公分！」螢螢再度怪叫。

這成績的確比身為女生的妍星還要好，不過……

「好、好厲害喔。」佳芯臉紅紅。

「謝了。」安諾少對她神祕地笑笑。

「……」妍星表示她什麼都沒想歪。

「好，換我！」螢螢丟下剛到手的小鮮肉，往地上一坐。

「十八公分。」妍星冷冷地說：「施螢螢，妳再不運動早晚變殭屍。」

「哎喲！運動會流汗，妝就花了嘛！」

她回頭一看，發現連禦的目光鄙夷，像在說：「有錢人果然很弱。」

雖然他是小鮮肉，但螢螢也不爽了，「喂！不然你來測啊！」

連禦愣了一下，才慢慢走過來。當他的身體壓下去的時候，螢螢爆出了史上最狂烈的笑聲。

「八公分！哈哈哈哈哈！你只有八公分！」

「噗！」妍星也笑了。

他被她說得惱羞，「妳講話不能講完整一點嗎？」

「管我，我以後就是要叫你八公分！」

「妳！」

似乎是生氣了，連禦又再測了一次，把身體壓得更低。妍星嘴角上揚，才準備再笑他一次，就看見他整個人彈到旁邊，痛苦地抱住小腿。

妍星看傻了眼，「連禦，你抽筋嗎？」

安諾少正要過去，但妍星動作比他快，一下子就蹲在連禦身邊，叫他把腿伸直。

「妳要幹什麼……」連禦似乎沒聽清楚，那表情看起來很痛。

「我說把腳伸直。」她皺了下眉，見他沒反應，主動幫他拉開了腿。

「喂！」

「別吵，給我伸直。」

她伸手把他的腳掌往身體的方向按壓，沉默了一會兒，才叮囑他：

「自己按著，過幾秒就沒事了。」

「……」

「筋不軟就不要逞強啊，幹嘛理螢螢那傢伙。」

見他不說話，妍星把手上的灰塵拍掉，便困惑地望向他。那一秒，連禦的臉上出現一抹潮紅，配上那張冷漠的臉真是難以置信。

妍星愣住了，一時沒說話。

「妳離我遠一點行嗎？」他別過頭說。

「知道了，你就是這麼討厭我。」

不過她一點也不在意，起身就退離他幾步。

「我覺得不是討厭。」螢螢想了想，狐疑地望著臉紅成一片的連禦，「連禦，你該不會有恐女症吧？」

「喔，看起來有。」安諾少也幫腔。

「好、好像很怕妍星跟螢螢碰……」佳芯小聲地附和。

連禦紅著臉大罵：「什麼恐女症？我才沒有！」

「所以才偽裝成討厭有錢人的樣子嗎？仔細一想，他好像對班上很有錢的男生沒這麼兇耶。」不理會當事人的抗議，螢螢開始回想。

「我、我也有印象！」佳芯用力點了點頭。

「好像是這樣喔？」安諾少摸著下巴。

「喂，別說了，我看他快爆炸了。」妍星忍不住笑，「不過，竟然是恐女症？靠，害我誤會你這麼久，你幹嘛不早說？」

「我就說了不是恐女症！」

某人持續崩潰，當然，那四人一點都沒把他的解釋聽進去。

「恐女症不就是那回事嘛！給我摸一摸就會治好了。」

「別過來！」

「喂，連禦，你腳後面有個坑——」

「別碰我！」

「李妍星，我看他最怕的就是妳喔。」

「我就說我沒有恐女症！」

「連、連禦的臉好紅喔……」

「都滾啦！」

他們一人一句凌遲他，終於，連禦夾著尾巴逃走了。

安諾少：李妍星的男子力好高啊，恐女症大概最怕這種人。

03

施螢螢掃地的時候一直擠正在擦窗戶的某個人，看起來就像個變態。

妍星遠遠地看著那兩人，忍不住嘆了口氣。

「螢螢……好像很喜歡連禦？」跟她一起整理黑板的潘佳芯問。

「不，她只是喜歡他的肉體。」

「咦？」

「身為一個正常女性，妳還是不要知道太多比較好。」妍星把粉筆補好之後，語重心長地告訴她。

「喔……」她愣一下，制止了拿起板擦的妍星，「我、我已經把粉筆灰拍掉了！」

「妳動作真快。」

「沒、沒有啦！」被她稱讚，佳芯似乎很高興。

「這樣我們就可以早點午休了。」

妍星和她一起走出去洗手，把手上的水甩掉後，妍星摸了一下口袋，這才想起一件事。

太久沒穿制服外套了，那個鬆脫的手鍊在她的口袋躺了這麼久，都忘了還給主人。她抬頭望向正在門邊閃躲施螢螢的連禦，步伐輕盈地走了過去。

「連禦，你之前是不是有掉東西？」她想先確認。

連禦愣了一下，忽然瞪大雙眼。

「真的嗎？你掉了什麼？」施螢螢好奇地問。

連禦沒有說話，那表情看起來很奇怪。下一秒，他抓住妍星的手，卻又緊張地放掉。

「妳跟我來一下。」

「啊？」

連禦皺住了眉，「我說，跟我來一下。」

不等她反應，連禦直接走出教室，那背影像是在告訴她快跟上。妍星跟螢螢對看了一眼，前者呆愣，後者傻眼。等等，那真的是有恐女症的連禦嗎？

不管是不是，妍星還是跟上去了。

「妳撿到什麼了？」走廊上，連禦很冷靜地問她。

「嗯，這個。」她從口袋掏出手鍊，「是你的嗎？」

「妳在哪裡撿到？」

「學生餐廳。」

「原來掉在那裡了……」他咕噥。

妍星奇怪地看他，總覺得他的態度很神祕。

拿回手鍊時，他低聲問：「妳怎麼現在才說？」

「我一直放在外套口袋，忘記了。」她瞥了他一眼，「那很重要吧？都這麼舊了你還戴著。」

對方沒有回話，表情看起來很複雜。

妍星忽然抓過他的手，把手鍊的棉線打了個結，固定在他手腕上。連禦呆愣看她，那模樣有點可愛。

噗！知道他有恐女症之後，她覺得他也沒那麼討人厭了。

「這樣綁就不會掉了吧？不過，那已經很舊了，總有一天還是會壞掉。」

「沒關係，掉一次就夠了。」

「什麼意思？」

連禦看了看她，眼中的情緒又更複雜了。怪了，有恐女症的人是不是都特別纖細？她看不懂他想幹嘛啊。

「算了，這種事也不用告訴妳。」說完，他就從她身邊離開了。

「嘖，什麼跟什麼……」他果然還是個怪人。

她轉身回教室，卻被一個人擋住。安諾少彈了一下她額頭，笑著問她跟連禦說了什麼。

「安諾少，你找死啊！」她惡狠狠地打回去。

「喂，一般女生應該會輕輕拍一下我的手臂吧？妳竟然又打頭！」

「我以為你很習慣被我揍了。」

「嘖。」他摸了下自己的頭，又問：「連禦到底跟妳說了什麼？」

「那很重要嗎？」

「我只是驚訝恐女症竟然會找妳說話。」

那已經變成代稱了嗎？妍星忍不住笑，「你幹嘛管他？我只是撿到他的東西而已。」

「那也沒必要特別把妳叫出去吧。」

「你到底有沒有在認真掃地？一直觀察他幹嘛？」

「誰在觀察他！」他輕輕瞪了她一眼，那眼神像是想說什麼，最後又放棄，「喂，李妍星。」

「嗯？」

她發現他的目光沉了下來，彷彿正在安定自己的情緒。

「我等一下要去找她。」

「誰？」她呆了一下才說：「那個學姐？」

「嗯。」

「幹嘛？」

「我想跟她說清楚。」

妍星望著他，那雙眼沒有情緒，讓人難以看清他的真意。不過，做這樣的決定還是需要勇氣吧。

她抿了一下唇，一向只會毒舌的她也不曉得該說什麼。最後，她拍了拍他肩，什麼也沒說就進教室了。

安諾少看著她背影，揚起嘴角。

「這樣就算跟妳報備了吧。」

「什麼？」她回頭看他。

「沒事。」他轉身，揮了下手，「掰啦！」

「啊？你又要蹺午休？」

但對方沒有回答她，一下子就消失在樓梯轉角。她看著那個樓梯間，思索幾秒，才默默地走回座位。

那天放學，妍星主動說要幫班導顧午休遲到的同學。班導當然高興了，離開教室的速度比學生還要快，像是在抗議訓導主任訂的新規定。

等大家都走了，她才走向坐在位子上不發一語的安諾少。

「……今天又是妳？」他抬眼看她。

「有意見嗎？」

「沒有，只覺得班長真辛苦，三不五時要接受班導無理的拜託。」

她才正想說今天是自願留下來的，但想了想，又覺得沒必要說。她望了空無一人的教室一眼，看來潘佳芯有事沒留自習，所以他們不用擔心被別人聽見。

她坐了下來，低聲問：「結果呢？」

「奇怪，妳竟然會關心這件事。」

「你到底要不要說？」她一記眼刀。

「不說妳也知道結果吧。」他勾起嘴角，卻沒有笑意，「應該說，我早就已經下定決心了。」

「什麼決心？」

「她根本看不起我，所以，我也不該把時間浪費在她身上。」

「你倒是想得開。」但妍星對這一點不予置評，只是鬆了口氣，「這樣也好，你不是那種會抱頭痛哭的人吧？」

「如果是的話，妳會安慰我嗎？」

她愣了一下，漂亮的雙眸轉向他。

「要是能聽到李妍星的安慰，那應該算是奇蹟吧？」他調侃：「畢竟妳脾氣那麼差。」

「你說誰脾氣差！」她又是一記鐵沙掌。

「好了啦！別一直打！妳這樣對待失戀的人不覺得很不妥當嗎？」

「哼，我看你也沒多傷心。」

「……真過分。」

他的聲音還是帶著笑意，聽起來的確沒有多傷心。可是，妍星從他的眼裡看見了壞心情。

她真的不擅長安慰人。

「安諾少。」

「嗯？」

「你很快就會覺得慶幸的。」

「什麼意思？」

妍星嘆了口氣，跟他解釋：「就算你真的跟她在一起了，那排山倒海的異樣眼光也會讓你喘不過氣。這個學校就是這樣，連有錢又有腦的學生會長都沒辦法改變。我覺得，你以後一定會慶幸自己沒跟她在一起。」

「慶幸嗎？」

安諾少站了起來，很認真地看她。那眼神夾帶了疲憊，還有很多很多的不公平。

「我不認為這種風氣是對的。」

「很多人都不認為啊！」妍星皺眉看他，「但是，根本就沒有人願意改變。在已經被制訂好的規則下生存著，還是比較容易吧。」

「妳呢？」他突然問：「身為最有優勢的那一群人，妳的想法是什麼？」

「……」

「李妍星，我聽說很多人勸妳去選下一任學生會長。」他沒有等她回答，逕自說下去：「妳有沒有想過……」

他沒有說完，但妍星已經知道他想說什麼了。

「我不會出來選。」

她的聲音那麼篤定，一下子就弄皺了他的眉。他深吸口氣，露出淡然的笑。

「嗯，妳的確沒必要做這種事。抱歉，是我隨便把自己的期望加在妳身上了。」

「不是！」

他看了看她，那張美麗的臉上難得出現了苦惱。

「我也想過要改變這種鳥風氣，但是……」

她不選學生會長，是有原因的。

連禦：為什麼偏偏是她撿到啊……沒事，我什麼都沒說。

04

國中的時候，李妍星一點都不優雅。

施螢螢常說她雖然脾氣差，卻很有正義感。是，很多人都這麼覺得，導致妍星才剛升上國中，短短一年就累積了不少人氣。身邊的人都叫她去選學生會長，她也欣然接受，畢竟學校有太多她看不順眼的地方。

但是，真正當上學生會長之後，那又是另一回事了。

說過了，她的確很有正義感，但這份正義感卻常常讓身旁的人喘不過氣。

她記得施螢螢舉過幾個例子給她聽。

那天，她陪行動不便的同學搭電梯，卻發現很多好手好腳的人也趁便擠了進去。學校常呼籲要節約能源，身為學生會長的她看不過去，本來想糾正，最後還是忍了下來。

到三樓的時候，電梯門打開了。

「嘿！詩芸！」站在妍星旁邊的朋友忽然叫住電梯外的女生。

那個女生沒要搭電梯，卻在看見熟人時高興地靠了過來。她沒有踏進電梯，就靠在門邊跟電梯裡面的人寒暄。

妍星以為她們一下下就會聊完，但電梯門要關上時，那個叫詩芸的竟然又按了一次開門的按鈕，繼續跟她好手好腳的朋友聊天。

她看了一眼行動不便的同學，對方的臉色已經變差了，看得出來久站的那雙腿很有負擔。

「要聊天的話出去聊，我們還要搭電梯。」妍星淡淡地說。

那朋友愣了一下，覺得這沒什麼大不了：「我也要搭啊！快好了，等她跟我——」

那一秒，妍星直接伸手把她推出去。

電梯門關上，所有人愣在那裡。

妍星還在氣頭上，索性說了一直想講的話：「以後你們也不要擠進來，學校的電梯是給行動不便的人搭的。」

「會長，那妳怎麼也搭電梯？妳又沒受傷。」有人這麼問她，看起來是想幫那位被推出去的朋友抱不平。

妍星頭也不抬，冷冷地說：「老師叫人幫忙扶她上下課的時候，你們有出聲嗎？等她腳傷好了我自然會走樓梯。」

「……」

後來，那幾個朋友似乎在記恨妍星不留情面，聯合起來說她壞話。

雖然大部分的人都很尊敬妍星，但怕她的人更多。大家都知道她很有正義感，但被罵的人如果是自己，總有些人忍不下這口氣。

「雖然她是會長，但也太嚴苛了吧？」

「她當上會長之前人還不錯耶……」

「她有時候真的比老師還機車！」

「反正也是靠臉選上的，忍一忍吧。」

像這樣的壞話妍星聽過太多了，都是人緣很好的施螢螢探聽來的。其實她並不在乎，畢竟這些人也只敢在背後說她，沒有人有那個能耐排擠她。但，她也算是藉由這些事開了眼界。

因為是朋友，她就得對她們的陋習睜一隻眼閉一隻眼？

這種邏輯她還真的一輩子都不會懂。

「……所以，妳國中的脾氣比現在還差？」這是某人給她的結論。

她抽了下嘴角，又一巴掌過去。

「喂！啊，妳那時候打人也都直接打，對不對？」

「我那時候不會打人。」

「為什麼？」

「因為沒人像你一樣白目。」她狠瞪。

安諾少笑了一下，撐住下巴，又說：「所以，妳高中決定不選學生會長？」

「嗯，雖然我選上前和選上後做的事差不多，但被愈來愈多人誤會的話，我還是覺得很累。」

「所以，妳才用優雅的形象來偽裝自己？」他又問。

「嗯，事實證明這樣的確比較討人喜歡。」

「李妍星，妳不是那種迎合別人喜好的人吧。」

「嗯。」

聽她又悶悶地嗯了一聲，安諾少伸手碰了下她瀏海，聲音放輕：

「但是，久了還是會累。」

妍星抬頭看他，這一次竟忘了反擊。或許，是因為他的目光太疲憊。

「我好像懂學姐為什麼不願意跟我在一起了。」他輕笑，「她跟我交往的話，被指指點點是遲早的事，雖然那些話大多沒有殺傷力，但就像妳一樣，久了還是會覺得很累。」

「是沒錯，但你那位學姐的情況不一樣，她八成是有了新對象。」

「我知道。不過，這也是其中一個原因吧？跟那些人比起來，這就是我的劣勢。」

安諾少說得一點都沒錯，所以，她也不曉得該怎麼安慰他。她本來就很不會安慰人，這一刻，她只能靜默。

「唷，是李妍星耶！」

發覺這不是安諾少的聲音，妍星狐疑地往外看。

有個男生趴在窗邊，看起來有點眼熟。

「你是誰？」她問。

「我是誰？妳旁邊那個應該知道吧！」

妍星看了看安諾少，他沒講話，但眉頭皺了起來。

見他不打算解釋，那個人又開口說：「你中午不是來我們班找惠婕嗎？雖然沒聽見你們說什麼，不過認識她的人都知道你要追她。」

安諾少這時才說：「學長，我現在不打算追她。」

「我看你是被她拒絕了才這麼說吧。」他嗤笑，望向不發一語的妍星，「妍星也真可憐，成了你下一個目標。安諾少，你真的那麼缺錢？不然，要不要考慮來我家開的店打工啊？」

「學長，你可能誤會了。」妍星站了起來，擋在安諾少面前，「我不是他下一個目標，而且，他也不是那麼愛錢的人。」

「妍星，妳別被騙了！妳才認識他不久，怎麼知道他家裡的狀況？惠婕都跟我說了，他們家——」

「我們家怎麼樣？」安諾少的聲音很沉，那個樣子看起來不像平常的他。

那學長也愣了一下，似乎覺得哪裡不妥，又轉移了話題：「安諾少，其實我這麼說也是為你著想啊！不管是惠婕還是妍星，跟你在一起的話都一定會被說話。為了你自己好，還是找個跟你差不多的女生來追吧。」

「……」

要不是明白安諾少不想惹事，妍星早就替他罵人了。算了，還是好好講吧。

她嘆了口氣，「學長，他沒有要追我，也不打算跟那個學姐在一起。或許你是為了他好，又或許不是，總之不用再繞著這個話題打轉了。」

「嘖，明白了就好。」學長看起來鬆了一口氣，「也對，妍星也是很明事理的人吧！看妳八成是被老師拜託才留下來盯著他。不過，還是別跟他太親近比較好，不然遲早會被說話。」

「老師沒有拜託我。」聽了那句話，她不高興了。

「沒拜託妳？」

「我是自願留下來的。」她的眸染上一層灰，「學長，我要交什麼樣的朋友應該不用經過你同意吧？」

「嘿，我也是為了妳——」

安諾少把妍星拉退一步，迸出一句：「你不覺得你管太多了嗎？」

「啥？」那學長傻了。他就是聽說這學弟好脾氣才會來鬧他，沒想到安諾少竟然敢嗆他！

「喜歡學姐的話就跟她告白，不用把時間浪費在我身上。打擊我，你追到她的機率也不會比較高。」

學長似乎被戳中心事，惱羞成怒了：「靠！說什麼啊你！我要追她還得打擊你嗎？我最好是那麼遜的人！」

「不是那種人的話就閉嘴。」他怒聲說。

「你敢叫我閉——」

「你有完沒完啊！需要我一巴掌把你打醒嗎？」妍星忍不住咆哮。

他呆了一下，那雙眼睛瞪得很大。妍星的怒火還燒著，她轟天一掌拍向窗戶，震得他往後跳開。

「沒事做就快滾！在這邊吵什麼吵！當學弟妹都好欺負嗎？你有時間在這邊講幹話，不如滾回去追你他媽的學姐！」她又罵。

「……」

安諾少看他嚇傻，忍不住勾起嘴角。

優雅對她來說果然只是浮雲啊。

施螢螢：今天安諾少在陽台曬內褲的時候心情看起來特別好，唔，發生什麼好事了嗎？

05

「這樣好嗎？」

妍星放下筆，抬眼看他一秒，「你指什麼？」

「別跟我說妳沒發現。」安諾少偏了一下頭，「這幾天很多人在看妳。」

「所以？」

「妳對自己的事真冷淡。」他聳肩，「意思是，那個學長肯定跟別人透露了妳真正的個性。看，妳三點鐘方向那幾個女的正在觀察妳有沒有露餡喔。」

她彎起一抹笑，卻沒有笑意，「嗯，謝謝你提醒我。」

他看她站起來，加快腳步跟了上去。

「喂，這樣真的好嗎？」

「哪樣？」

「為了一個沒腦袋的學長破壞自己形象，對妳來說應該不值得吧。」

「事情一定要值得才能做嗎？」她轉身看他，那雙眼睛寫滿不悅，卻比優雅的她更漂亮，「還有，你不也為了一個沒腦袋的學長惹禍上身。是誰說這三年不想惹事的？」

「是，我還真說不過妳。」

「比起這個，你應該沒忘記今天要做的大事吧？」

安諾少一頭霧水，「什麼事？」

「跟我來。」她沒好氣。

後來，安諾少發現不只他，班上有好幾個人都跟著妍星走。他左思右想，看著連禦和潘佳芯也走在她身後，才想起一件事。

今天是領銀鈕扣的日子。

「連禦，一年五班數學最高分，恭喜你。」訓導處中，主任把第一個銀鈕扣給了連禦。

「謝謝。」

「潘佳芯，國文最高分，恭喜。」

「謝、謝謝主任！」

「李妍星，英文、理化，還有歷史最高分。」訓導主任很滿意，「真不愧是新生代表，沒讓老師們失望。恭喜妳！」

「謝謝主任，我會更努力。」妍星溫柔地笑了一下。

陸續頒完其他銀鈕扣，最後，訓導主任把視線放在安諾少身上。他挑了一下眉，面無表情地望著站在妍星身後的大男孩。

「安諾少，體育最高分。」

「謝謝主任！」他衝了過去。

他要接下鈕扣，主任不給，慢條斯理地說：「你這傢伙最好安份點，拿了鈕扣就別再給我闖禍。」

「知道了。」

「哎，恭喜。」下一秒，主任親自替他別上鈕扣。

「謝謝主任！」他又高興地說了一次。

妍星在後面看著他們，忍不住勾起嘴角。訓導主任是很嚴格沒錯，但他其實很喜歡安諾少這個學生吧？

領了鈕扣回來的小獅子很高興，還伸手搓了下她的頭。她狠狠地踩他一腳，臉上卻帶著微笑。

訓導主任開始發別班的鈕扣，妍星他們就站在後面等。無意中，她看見連禦手上還綁著那個手鍊，看起來就跟那天一樣，沒有鬆脫的跡象。

對方注意到她的視線，瞥她一眼，很快又轉走目光。

「我以為你的理化也會最高分。」她忽然想起這件事，索性跟他分享。

「……也才差兩分。」

「你記得我的成績？」

「任誰都會看一下第一名考多少吧！」他的臉一紅。

「是嗎？我就不記得你的數學成績。」

他沒說話，皺了一下眉。

「開玩笑的，不是九十八嗎？」她掩嘴笑。

連禦回頭瞪她一眼，決定不再跟她說話。

怪了，她覺得連禦這個人很有趣。或許，是因為她喜歡看他恐女症發作時手忙腳亂的樣子吧？就像安諾少喜歡看她變臉一樣病態。

呃，她好像罵到自己了。

「喂，李妍星，今天我請妳吃飯吧！」回教室的路上，安諾少拍了下她的頭。

妍星當然沒忍住，趁沒人在看的時候拍響他腦門，「我不缺錢，你自己吃飽一點就好。」

「我當然知道富家女不缺錢，但我還沒拿到鈕扣的時候妳請過我幾次飯，我只是想回敬一下妳。」

回敬？這傢伙果然連國文也不好，「誰請你了？我只是吃不完。」

「好、好，今天就讓我請吧？傲嬌的李妍星小姐。」

「你說誰——」

「看，那傢伙竟然有銀鈕扣！」很熟悉的聲音從他們身後響起。

妍星回頭，發出聲音的男生並沒有看她，而是跟著另外兩個朋友超越他們。仔細一看，她發現是那天在教室找安諾少碴的學長。奇怪，他怎麼總是陰魂不散？

「反正他也只能拿體育的不是嗎？」另一人嗤笑。

「黏在新生代表旁邊也不會變得比較聰明啦！」

望著那些人的背影，妍星皺了皺眉，安諾少跟她說：「那傢伙好像也有銀鈕扣。」

「誰？那學長？」

「嗯，他功課也不錯。」他沒什麼表情，彷彿不在意那些人的批評，「我之前聽學姐說，他們班也有一個人想選學生會長，大概就是他吧！」

「他已經高二了還能選？」

「我也問過學姐，她說高一、高二都能選。」

「……」如果讓他選上了，這學校會更亂吧？

「雖然我不喜歡他，但那個人的確符合『有錢有腦』的資格，難保他不會選上。」

「我完全不覺得他有腦。」

安諾少看了下妍星，蔓延笑意，「是，他的智慧跟妳完全不在同個等級。」

「就算你這樣捧我，我也不會出來選。」她瞥他一眼，陷入思考。

的確，她確定自己不會選學生會長。不過，要是讓這種人選上，像安諾少這樣的學生一定會被更多人欺負。

有沒有更好的人選？

「喂，李妍星。」

「嗯？」她頭也沒抬。

「站在門口那個人是不是有點眼熟？」

她愣一下，望向教室門口。那個男生斜靠在門邊，有好多學生在看他。後來，他發現了妍星和安諾少，親切地揮手打招呼。

「妍星！」他走了過來，「啊，你是安諾少選手吧？」

「不用在後面加個『選手』啦！我都不好意思了。」他笑笑，「會長，你來找她的吧？那我先進教室了。」

現任學生會長——韓方辰笑著阻止他，「沒關係，她大概也知道我為什麼過來。」

妍星笑了笑，沒說話。

「妍星，過第二次段考之後，候選人就開始登記了。我已經幫妳準備好報名表，就等妳答應。」

「會長，謝謝你的好意，但我已經跟你說過我不會選，不好意思。」

「但我還是認為妳是唯一人選。」他嘆氣，「我也知道不能逼妳，不過……」

妍星知道他在顧慮什麼。據她所知，韓方辰是一個堅持「校園友好」的學生會長。他希望兩派學生不要敵視對方，上任以來，也一直往這個方向努力。

除了學生之間的相處，他也注意到這個以升學為重的學校並沒有舉辦過什麼像樣的活動。所以，他寫了很多活動企劃案，提交給上頭，想讓學校在各方面平衡發展。

可惜的是成效不彰，企劃案被校長以各種理由回絕，學生之間的氣氛也沒有改變太多。

「唉，就算是學生會長，也有很多做不到的事。不只學生，連老師的意見也要考慮進去。」

「這是當然。」

「但，我就是覺得妳可以。」他忽然說。

「……會長，你這句話非常矛盾。」

「這是老人的直覺啊！」他笑了笑，「我跟妳說，其實我有幾個企劃案差點就通過了，但被校長以現階段不適合為理由退件。她說，學校方面需要再考量一年，所以……」

「你該不會是要李妍星接力完成吧？」安諾少猜測。

「對！諾少，你真懂我。」他大咧咧地拍他一下，「要是被七班那個傢伙選上就完了，我看他根本懶得辦活動。」

看來，韓方辰也知道那個學長要參選。

「會長，我知道你的企劃案很棒，但不是每個新生代表都適合當學生會長。」她會這麼說，是因為去年韓方辰也是新生代表。

「別藏了，我早就知道妳國中的事。」

她大感意外，在兩個大男孩面前呆住了。

「我還在想妳要對我這麼優雅到什麼時候。」韓方辰露出開朗笑容，「或許妳沒注意到，不過，我跟妳同一所國中畢業喔。」

潘佳芯：我也很崇拜韓方辰會長，他為人開朗又正直！聽、聽說他是妍星的國中學長……喔，我有探聽妍星事情的習慣……

章三　小小的種子

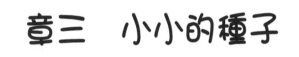

01

「我國中的時候很低調，幾乎沒參加過任何活動，時間都花在讀書上面。」韓方辰回憶起國中的事，「上了高中，我本來想體驗一下玩社團、跑活動的感覺，卻發現這間學校根本沒有像樣的活動。」

「所以你去年參選了學生會長？」安諾少興味地問。

「嗯，一方面也是崇拜妍星妳。」

「崇拜我？」她愣住。

「是啊！超有正義感的小學妹當上會長之後也不改本色，學校裡人人皆知！」他眨了一下眼，「雖然妳不認識我，但我一直都知道妳！後來，我畢業了，升上高二的時候發現妳竟然是新生代表，就在心裡發誓一定要說服妳去選學生會長！原本我以為妳會很樂意的啦，誰知道……」

瞧他說得口沫橫飛，妍星覺得有趣，笑了笑，「抱歉，辜負你的期待了。」

他也沒說客套話，「哈，是有點失望啦！不過我大概也猜到原因了，妳在國中的時候有被一些無聊的人亂說話吧？連個性都變了，剛開始真的嚇我一大跳。」

「她沒變，只是戴上面具。」安諾少硬要補充，然後又被打。

望著他們倆的奇妙互動，韓方辰笑了下，又繼續說：「妍星，妳真的不考慮嗎？妳也知道，如果被那傢伙選上，學校的分化一定會愈來愈嚴重。」

「我是知道……」

「而且，他也找過我幾次，似乎是希望我幫他拉票，我拒絕了。但，依我看，依他在有錢人裡面的聲勢，就算不用我幫他拉票也會選上。要找一個像樣的候選人並不難，但找一個有絕對勝算的候選人，真的很難。」

妍星想了想，看看他苦惱的神色，出聲說：「不然，我幫你找看看候選人？」

「唉，我打聽過了，這學校哪還有人跟妳比——」

「我來選吧！」

清朗的聲音像是雷劫，轟地一聲把那兩人打醒。

「……啥？」

安諾少勾起嘴角，欣賞他們的蠢樣，「怎麼，不行嗎？」

「安諾少，不是我要損你，你這個人沒腦袋也沒錢，要怎麼跟那討人厭的傢伙比……呃，我不是在損你。」

「妍星說得沒錯，我也沒有看輕你的意思，只是你真的比他窮，又不會唸書，怎麼看都不可能選上。」

「你們會不會聊天？」安諾少抽了下嘴角。

發現愈描愈黑，韓方辰連忙說：「我們都知道你比他好！比他帥，又比他有人品，只是……」

「只是學生會長選舉看的不是這些。」妍星接下去說。

「沒試過怎麼知道？我相信一定也有很多人不想看學校繼續這樣。升學率高有什麼用？我們也需要放鬆。更何況，派別的問題連老師都解決不了，不是嗎？」

「所以你有自信可以解決？」她挑眉。

「沒有。」他秒答。

「……」

「不過，像你們這種最優勢的學生來當學生會長，搞不好才是問題所在？」

她呆了一下，「什麼意思？」

他笑，「意思是——」

「喂，你們站在這裡幹嘛？上課了不知道嗎？」班導雷公般的聲音害他們豎起寒毛。

韓方辰連忙用氣音說了聲掰，溜得比誰都快。

「妍星，妳不是班長嗎？要以身作則才行啊！」

「對不起，我以後會注意。」她低頭。

「安諾少，你再這麼不守規矩，我就叫訓導主任找你泡茶。」

「是。」他吐了吐舌。

「嘖，真是的，雖然學校沒禁止談戀愛，但你們也別黏那麼緊啊！黏到上課了都不曉得。」

妍星呆了呆，第一次露出狼狽的表情，「老、老師，不是啦……」

但班導也沒想聽她解釋，腳穿高跟鞋，扣扣扣地走上講台。

「喂，你也反駁一下啊！」妍星回頭瞪他。

安諾少還是沒說話，但耳朵浮現了罕見的潮紅。

「……啥？」她看著他默默地回到座位，別說反駁了，他連一聲都不吭。

難道，這傢伙意外地是個純情的人嗎？

至於安諾少這個人到底純不純情，妍星還沒機會知道，不過，她倒是體認到他說要選學生會長是認真的。

該勸退他嗎？勝率堪憂啊。更何況，要是不幸落選了，會被那個學長狠狠嘲笑吧？

算了，這不干她的事。

「李妍星！這些政見妳幫我看看，覺得怎麼樣？」某日放學，他笑著擋住正要回家的她。

他邊喘邊問，看樣子是剛從韓方辰的班級跑過來。

「……我看。」她接過那幾張紙。

不干她的事，但是，她似乎無法放任他失落。

「新生的學號隨機排列……這構想不錯，可以增加派別之間的相處，不過，你確定學長姐他們願意認這些學弟妹嗎？還有，我怕學務處不會讓你干涉這個。園遊會開放外校參觀？嗯，這在別的學校很正常，但在我們學校要過關恐怕還得看校長臉色。在運動會增加趣味競賽？唉，我愈看愈覺得我們學校很可憐，連這個都沒有。」

妍星又看了其他項目，有時同意，有時提出建議，儼然就像已經上任的學生會長。

安諾少的雙眼亮澄澄地望著她，眸中藏著一抹靈動的氣息。

「喂，安諾少，我覺得這邊可以改成……」

「是，副會長，我正在聽。」

「改成……等等，你說什麼？」她抬頭看他。

意志堅定的大男孩拍了拍她的肩，那個笑容比誰都亮，「李妍星，等我上任，妳就是我的副會長。」

她澈底傻眼，覺得自己被賣了。

「妳不是說不想當會長嗎？那，當副會長應該沒問題。」

「我才不要！」

「別這麼快就拒絕啊！」

「也對，反正你選不上。」

「……」

看他臉垮了，妍星忍不住笑，「開玩笑的，你加油吧。」

「那，妳答應了？」

「我又沒有說要答應。」他哪來的幻想？

「算了，到時候再說服妳。」他也沒多挫折。

她看著他靠在窗邊的側影，「喂，你是認真要選？」

「看起來不像嗎？」他晃了晃手中寫滿政見的紙，「而且，我明明就說過……」

說過什麼？

安諾少輕輕敲了下她的頭。這是他的習慣動作，今天卻讓她特別心塞。

「我說過，叫妳多相信我說的話一點。」

「我也說過，叫你別打我的頭。」

「妳哪有說過？我根本不知道。」他睜眼說瞎話。

她一掌打響他腦門。

「靠！超痛！」

「……現在你知道了。」

看他翻白眼的樣子，妍星又忍不住笑了。

「妳等著瞧，我一定會選上。」

她隨口說：「是是是，到時候那勢利眼的學姐一定很後悔沒跟你在一起。」

據她所知，學姐的新目標就是那個參選學生會長的男生。聽八卦女王施螢螢說，學姐被暗戀的對象——韓方辰拒絕之後，那個男生就開始光明正大地追求她。原本學姐是不大理他，但自從知道那個人要選學生會長，就忽然改變態度了。

那學長大概也是為了贏得美人芳心才決定參選的。

「對，我國中的時候也聽說她很憧憬學生會長這種職位，覺得能選上的男人都很帥。」他笑了笑，「嘖，也難怪她會丟下我，跑去喜歡韓方辰會長。」

看他已經不介意這段失敗的戀情了，妍星不自覺彎起嘴角。

他又說：「還好會長沒答應她。跟那種女生在一起，他一定不會幸福吧？」

「你倒是想通了。」

「李妍星，妳當我笨蛋嗎？我早就想通了。」他猛力一跳，坐上窗邊的磁磚，看起來很愜意，「不過，等學姐回頭來找我，我一定會……」

「會怎樣？」

他神祕地眨了下眼，什麼都沒說。

「……」

怪了，她怎麼覺得有點不爽？

李妍星：吃回頭草？哈，他怎麼可能。

02

妍星真的不曉得為什麼安諾少那麼堅持要參選。

更奇怪的是，韓方辰也被他說服了，在卸任之前給了他各種協助。

那天，安諾少交了報名表，登記為二號參選人。消息一出，全校都震驚了。

技優生竟然要跟資優生競逐學生會長？這可是創校以來頭一遭。雖然，大家並不會認為安諾少就特別沒能力，但在某學長的優秀成績和人際手腕的對比下，誰會當選，眾人心裡有數。

除非，安諾少在這段期間做了什麼讓全校師生刮目相看的事吧。

「妍星，妳不覺得楊仁浩學長一直在我們班附近晃嗎？」施螢螢邊吃著她那包洋芋片邊說。

妍星啪地一下把那包洋芋片壓扁，然後塞進某個女人的抽屜。

「喂！那是我的糧食！妳怎麼可以這樣！」螢螢望著抽屜裡扁得像張紙的包裝哀嚎。

「違禁品。」她哼了一聲。

「唉，好啦！躲不過妳這副會長的眼睛。」

「我不是副會長。」

「安諾少不是說選上就要任命妳當副會長嗎？我看那楊仁浩也是為了同個目的來的。」

妍星瞥了窗外的一號參選人一眼，但也沒打算出去，「我又不是瞎了，怎麼可能當那學長的副手。」

「是，我也覺得他看起來怪噁心的。不過，妍星啊，我最近聽到一個奇怪的謠言。」

妍星高冷的眼神示意她快說。

「其實也不算謠言。」螢螢忍不住笑出聲，「有人說妳根本就不是什麼氣質女，叫母夜叉比較恰當。」

「是妳說的？」

她被她母夜叉般的目光一掃，嚇得差點減壽，「當、當然不是我啊！這種事情我們自己知道就好。」

妍星捏了她大腿一把。

「痛痛痛！哎，總之妳的個性除了妳知我知，還有安諾少、連禦、佳芯知道吧？啊，韓方辰會長也知道，但他不可能說出去。」

「還有一個人知道。」妍星放下手機，勾起一抹很淺的笑，「就是那個楊仁浩學長。」

「咦？他怎麼會知道？」

「上次他來我們班找安諾少麻煩，我忍不住就開罵了。」

螢螢笑到岔氣，「哈哈！真後悔那天我沒留下來看。我看，一定是他散播祕密的！拐不到妳當副會長，就出賤招。」

「其實，我不認為他要找我當副會長。會這麼常在我們班附近晃，也只是為了看他的對手平常都在搞什麼吧？遇到安諾少的話，就順便吐槽他幾句。」

螢螢認同地點點頭，「嗯，昨天我看到他在窗邊嘲笑安諾少一定選不上，結果連禦經過的時候不小心把學長撞倒，不知道是不是故意的，呵呵！」

「連禦？」妍星望向坐在第一排的連禦，安諾少就站在他旁邊，兩個人不知道在聊什麼。

「對啊！看，他們現在感情還不錯，簡直就像好基友。」

妍星勾了勾嘴角，雖然不知道發生過什麼，但兩人能交好也是一件好事。

中午時，他們幾個跟韓方辰約好了，想在寒假前再討論一次拉票戰略。

坐在學生餐廳附設的半開放式小包廂，安諾少像鄉巴佬一樣，東張西望、嘖嘖稱奇。

「真不愧是貴族高中，學生餐廳竟然有包廂可以坐。」他摸了下屁股旁的沙發。

妍星瞥他一眼，「隔壁還有一個附設ＫＴＶ的大包廂，但只有音樂課才能進去，學期末最後一節會開放。」

「什麼是ＫＴＶ？」

「……可以點歌、唱歌的地方。」

「喔！卡啦ＯＫ嘛，投十塊錢那種，我知道。」

「……」

韓方辰忍不住笑了，「難怪妍星常說你是鄉下人。」

「有什麼不好？我很單純啊！」安諾少很敢說自己，「哎，只有我沒去過嗎？連禦你應該也沒去過吧！」

「……我有。」他的回答讓眾人大感意外。

「真的嗎？去過幾次？」坐在他旁邊的螢螢再度伸出鹹豬手。

「蠻常去的……喂！不要一直碰我！」他炸毛了。

「喔，那你應該很會唱歌？」

連禦望向發問的妍星，回答的時候竟有幾分彆扭，「沒人規定會唱歌才能去ＫＴＶ吧！」

「也對。」

「不然，寒假我們一起去唱歌吧？」韓方辰笑著問大家。

「好！我去！連禦也去！」施螢螢手舞足蹈。

連禦傻眼，「喂！妳為什麼幫我回答？」

「別在意、別在意！」

「佳芯，妳去嗎？」妍星問她。

她一直沒出聲，聽見妍星搭話，馬上緊張回問：「妍星會去嗎？」

「嗯，我會去。」

「那、那我也去！」她高興地說。

妍星看了看安諾少，還沒問，對方已經伸手敲了下她頭，「我會去！我倒要看看KTV跟投十塊那種有什麼不一樣。而且，我想聽副會長唱歌。」

「我說了我不是副會長！」

「嘿，你們再吵的話，菜就要被夾光了。」韓方辰出聲提醒，「雖然訂了包廂，但這裡又沒有服務生，我們還是要去外面夾菜啊。」

「對！我快餓死了，走！」施螢螢馬上抓著連禦跑走。

安諾少也站了起來，「李妍星，妳不走嗎？」

「總要有人顧東西吧？我不怎麼餓，等你們回來再看看。」

他狐疑地看她一眼，但也沒說什麼，「那我們先去囉！會長，走吧。」

「哈，希望我下學期的時候也能這麼叫你。」韓方辰回頭看了一下潘佳芯，「學妹，妳也一起出來吧。」

「好……」

他們走了之後，妍星一個人待在包廂裡，無聊地拿出手機把玩。沒過多久，叮地一聲傳來訊息。

鄉下人：李妍星，我把妳看透了。

妍星默默檢查了一下裙子，毫無異狀，才低頭繼續看螢幕。

鄉下人：妳要麵包還是愛情？

妍星：……你發情嗎？

鄉下人：喂，不是啦！我知道妳平常都在掩飾妳的胃袋大小，恐龍如妳，怎麼可能不餓？我幫妳買東西！不用謝。

妍星：你說誰是恐龍？

鄉下人：我。

妍星：這還差不多。我真的不餓，今天肚子不舒服。

鄉下人：真的？還是要吃一點啦！我幫妳買甜甜圈好了，上次看到妳早餐吃那個，雖然那跟妳一點都不搭。

妍星：……想死嗎你。

鄉下人：好啦，我知道妳很愛我這個朋友，等我喔！小恐龍。

妍星：……

是恐龍又怎樣，反正她一定要踩死他。

施螢螢：對連禦有興趣？啊，我是對他挺有興趣沒錯。我說身材。

03

「妍星，妳可以去盛菜了，這裡我來顧。」韓方辰第一個回來，他在她左邊坐下，催促她去覓食。

「沒關係，安諾少那傢伙說要幫我買麵包回來。」

韓方辰應了一聲，「你們感情真好。」

她呆一下，「哪、哪有！」

「沒有嗎？我只是常常看到你們在一起，下意識這麼說而已。」他笑笑看她，「妳也沒必要反應這麼大啊。」

妍星抓了抓臉頰，對這個話題選擇沉默。

她不是沒辦法好好應對，只是當她深入思考這方面的話題時，她發現她的腦子一片空白。

她大概是感情絕緣體吧。

「對了，自從諾少登記參選之後，有蠻多人驚訝我會幫他拉票。老實說，我自己也很驚訝。一開始我也只是不想支持楊仁浩，所以就選擇支持妳的朋友。不過，我愈來愈覺得他其實是個很有想法的人。」韓方辰又坐過來了一點，像是講到他很有興趣的部分：「妳知道嗎？他最近常常跑社團，而且是每一個社團都跑。尤其是那些面臨倒社危機的社團，他一一去了解原因，能幫忙的就幫，不能幫忙的就記下來，說是上任後有了權限再解決。」

「從社團下手嗎？的確是拉攏財富派的好方法。」她點點頭。

在這所比較不重視活動的學校，會去玩社團的人的確以有錢人居多。他們多半是依父母的期望升上這所高中，但對愛玩的人來說，讀書是一件非常痛苦的事，所以，社團就成了他們的紓壓管道。

可惜的是，很多非學術性的社團都面臨倒社危機，據說是校方給的資源太少，很多事情總是要學生自己想辦法。

對愛玩的人來說，不只讀書痛苦，花心思在可能會倒的社團上也很痛苦。

這時候，如果有一個肯為他們想辦法的學生會長出現，肯定是他們的福音。

「對！他那個人看起來很天然，能想出這種方法我真的超驚訝。」

「……我想，他只是很多事情都盡心盡力而已。」

他笑了一下，「呵！我就說你們感情很好嘛。」

「才沒──」

「嘿，妳耳朵旁邊那是什麼？」

「耳朵？」她摸了幾下耳朵旁邊的頭髮。

「不介意的話，我幫妳拿吧！」

他靠近她，從柔順的髮絲中拿出一小片樹葉。姸星望著那片樹葉，想起自己早上被滿天落葉砸到的事。

「噗，妳頭髮裡怎麼會有樹葉？」

「我這學期的外掃區在榕樹下。」她覺得自己蠢，露出尷尬表情，「……謝謝你。」

「放心吧！大概是沒人看到，所以才會被我發現。」他眨了一下眼，「我有火眼金睛嘛。」

韓方辰坐回位子上，餘光發現了一抹亮澄澄的身影。

「諾少，你買完了嗎？我以為你會吃很多。」他邊吃邊說。

妍星隨他視線望去，見安諾少提起裝了甜甜圈的袋子，朝她的方向晃了晃。

他走過來，把袋子放在她眼前，她以為他會說什麼，他卻沒有。

那一刻，他的唇罕見地抿成一條僵硬的直線。

……他幹嘛？

妍星和韓方辰奇怪地看向他，他別過目光，聲音忽然高亢：「其他人真慢！他們再不回來的話午休就要遲到了。」

「放心啦！還有半小時。」韓方辰笑著說。

「喂，甜甜圈多少錢？」

安諾少看她拿出錢包，視線在她臉上停了一秒，才笑著搖頭：「不用啦！只是一個甜甜圈。」

她敲了一下他大腿，「我應該跟你說過我不喜歡欠別人。」

沒想到，他竟然又出神了，還看著她揍過的地方發呆。

「……」他的腦子剛才掉在路上了嗎？

還好，等他開始討論學生會長的事時，腦袋算是沒斷線。

已經學期末了，離選舉還有一個寒假的時間。妍星覺得他雖然嘴上不說，但壓力一定也很大。

她的確不明白他參選的動機，不過，她還是想支持他。

「安諾少。」

在回教室的路上，妍星叫住走在前方的他。

「嗯？」

「會長選舉……有什麼我能幫忙的嗎？」

他呆了一下，「幫忙？」

「……這句話很難理解嗎？」

「不是啦！只是……」他想了想，「是會長要妳幫忙的？」

「干韓方辰什麼事？」妍星聽不懂。

他似乎也發現自己沒邏輯，抓了抓臉頰，才說：「李妍星，其實妳已經幫了我很多。那些政見是妳幫我修改的，如果沒有妳的實務經驗，我也沒辦法寫得那麼完善。」

「所以你不需要其他協助了嗎？」

他沒回答，卻好奇地看著她，「我記得妳不贊同我去選，怎麼會想幫忙？」

「贊同跟支持是兩回事。我不覺得你會選上，但我還是可以幫忙。」

「……喂，妳真的很討厭。」

妍星彎起嘴角，向前拍他肩，「我開玩笑的。聽會長說，你從社團那邊得到很多支持，連楊仁浩學長都感受到威脅了。誰會當選……大概還是未知數喔？」

他望著她眼底的晶亮，心頭一暖，找不到任何形容詞表達自己。

怪了，為什麼他有一點心痛？

明明是這麼溫暖的情緒……

「對了，你到底為什麼會參選啊？」她還是很好奇。

他抬眼，「是因為——」

鐘聲響起了，他們在教室外聽見風紀喊人午休。兩人對看一眼，安諾少正要說話，妍星打斷了他：

「下次再跟我說吧！」

平淡的語氣，和輕淺的笑意，在他心口轉了一圈。

「……嗯。」他應了一聲。

安諾少：嗯？我沒怎樣啊！只是有點好奇會長對李妍星是怎麼想的，就只是這樣而已。

04

聽潘佳芯說，她喜歡站在後門附近跟妍星聊天，以免招來過多注目。這的確很符合她嬌羞的個性。很多人常想，都已經過了一個學期了，潘佳芯怎麼還是這麼害羞？在任何地方都能處變不驚的妍星更是不能理解。

不過，佳芯是個品學兼優的乖寶寶，妍星覺得這樣也沒什麼不好，免得哪天被哪個男人拐了都沒知覺。

佳芯很黏她，害她的保護欲被激發。

沒辦法，誰教佳芯長得就像一隻無害的小綿羊？

「妍星，我、我原本以為妳會去選學生會長。」

「為什麼？」

她的臉龐紅潤，看起來很開心，「因、因為聽說妳國中的時候有當過，在從安諾少那邊聽來之前，我就已經知道了！我覺得，妳來當一定很適合，可惜……」

她看了看她，「佳芯，妳會覺得安諾少不適合嗎？」

「也不是那麼說，只是……」她努力思考著要怎麼說才好，「我覺得他還不能獨當一面，有很多事情都是從妳這裡請教的。如果是妳的話，一定不需要別人的協助。」

聽了，妍星對她笑笑。

「我是當過學生會長沒錯，不過，那時候我很辛苦，妳知道為什麼嗎？」

「唔？」

「因為那時候的我學不會『溝通』，缺少別人的協助，很多事情做起來也不是那麼順利。」

她似乎有點聽不懂，當妍星想進一步解釋時，教室外傳來奇怪的爭執聲。

妍星回頭一看，有兩個男同學在爭辯，好像都是隔壁班的。一個看起來很書生，一個看起來很畜生。

「喂，這些錢不夠你就說啊！我還可以再加。」染了滿頭金髮的男生晃了晃手中鈔票。

「我不想要你的錢。」書生樣的男同學很不耐煩。

「不想要？那你上次怎麼那麼爽？我看你是胃口被養大了吧！在等我加錢買你的時間是不是？」

轟！

同學，你們的節操？

「那、那種情況，其實我也有發生過。」潘佳芯小聲地說。

轟！

「什麼？」妍星激動地抓住她的肩膀，「佳芯！妳聽我說，這種事是不好的，不對，這種事是絕對不能在我們身上發生的！妳、妳怎麼會——」

佳芯呆了一下，忽然羞紅臉，「妍星！不是妳想的那樣啦！」

「不然是怎樣？」

「他、他們是在說寫功課的事！」

「寫功課？」她呆了好幾秒。

「嗯！」深怕妍星誤會，佳芯拼了命地解釋：「很多有錢人都會找上我們這種學生，要我們幫他們寫功課、交報告，代價就是幾張鈔票。」

「……」

等等，讓她先去面壁一下。

佳芯沒注意到她的痛心疾首，繼續說：「不過，其實我們都不想賺這種錢，只是怕會被某些不講理的有錢人欺負，所以才會答應個一兩次。我想，那個男生大概已經受夠了吧！」

「喔，那……」她摸了下有點痛的額頭，「我會把這件事告訴安諾少，要他想想辦法。」

「我看，應該不用喔！」

「嗯？」

「安諾少已經過去了。」她笑了笑。

妍星一愣，轉眼真的看見安諾少從前門往那兩人走去。他笑著跟他們打招呼，那一刻，妍星下意識拿出手機錄影。

有證據總比較安心。

「喔！是諾少！」那個金毛好像認識他。

「……」眼鏡男沒說話，挑了一下眉。

安諾少笑著問：「你們社團的場地後來怎麼樣了？」

「很順利啊！雖然舊校舍很髒，但動員我們社團的人去清一清，竟然清出一個比舊場地更大的空間！多虧你啊，跟訓育組建議可以用那邊的教室，不然我們真的要倒社了。」

喔？原來是安諾少幫過的社團之一。

「嘿嘿！一個學校也不能沒有熱舞社啊。」他轉了轉眼珠，望向眼鏡男，「啊，我看你們剛才好像在討論什麼？怎麼了？」

「沒什麼啦！」金毛指了指他，「我想請他幫我寫作業，他不肯啊！我明明就有付錢的說。」

「我說了，我不想賺這種錢！」眼鏡男反駁他。

「有什麼關係？你只要抄上自己的答案就可以賺錢了！啊，不然我借你的答案來抄，也付你錢，這樣你就不用幫我——」

「就說不是這個問題。」他翻白眼，「不說了，我要進教室。」

「喂！等等啊！」

安諾少好奇地問：「嘿，你功課為什麼不自己寫啊？」

「我寫？我平時考都已經夠慘了，作業成績再慘的話會被留級啦！真是的，阿豪平常人還不錯，扯到這種事情就很無情。」金毛一邊看他背影一邊碎碎念。

眼鏡男回頭罵：「我哪裡無情！我只是不想浪費時間做這種事。而且，你的成績你要自己負責，先想辦法讀點書不行嗎？」

「你又不教我！別說你了，所有聰明人看到我們都像碰到瘟疫，沒一個肯教。」

「那是因為教你們這些人會讓我們愈教愈懷疑自己！」

「那，學生會定期舉辦讀書會怎麼樣？」安諾少忽然說。

「讀書會？」那兩人愣住。

「嗯！我想有很多學生也跟你一樣不喜歡讀書，或是找不到人教。如果把午休遲到的懲罰改成自願性的讀書會，一定會有像你這種成績告急的人留下來請教同學，這樣一來，不僅功課可以自己寫，考試成績大概也會進步吧！」

「問題是，又沒有人要留下來教我們。」金毛看起來可憐兮兮。

「成績好的同學會留下來啊。」

「我為什麼要留下來？」眼鏡男問。

「因為我會跟訓導主任建議，留下來一次就可以消一次勞服！」安諾少笑著露出白牙，「怎麼樣？不錯吧！訓導主任說過他也很討厭看你們這些人勞服，還不如多讀點書比較實際。」

「……」眼鏡男猶豫了。

「而且，韓方辰會長也說他可以留下來教你們喔！他那麼聰明，你應該不用擔心自己被問倒，還找不到人阻止你懷疑自己吧？」

等等，安諾少那是睜眼說瞎話吧？韓方辰會長八成還不知道這件事！

妍星默默地替他的放學時間哀悼。

「會長？他功課超好耶！全校前五名不是嗎？」金毛驚呼。

「當然！還有全校第一名坐鎮，你們完全不用擔心！」

等等……第一名？

安諾少華麗轉身，指向站在門邊發呆的妍星。

「鏘！李妍星同學也會給你們溫柔的指導喔！」

「……」

靠，她被賣了！

「所以，請記得支持我！我絕對會解決你們的困境！哎，錢就收起來吧！自己寫功課才是最有成就感的。」

「我一定投你啊！」

「哼，那我就投你吧。」

潘佳芯發覺木已成舟，只好拍了拍當事人的肩，「妍、妍星……」

妍星把手機裡的影片刪除，默默地轉身進教室。

潘佳芯：妍星，我好像懂妳的意思了。要當學生會長……最重要的似乎不是能力，而是溝通。

哈！我想我也會投他一票吧？

05

政見發表會後，安諾少的聲勢大漲，很多聰明派的學生表明支持讀書會，財富派的學生更是樂見午休的奇葩規定取消。再加上多數社團的支持，票源又多了不少。

更有利的是，韓方辰也常常替安諾少站台，兩人還「不小心」說溜嘴，說上任後副會長的位子非李妍星莫屬。

妍星汗顏，不過隨他去了。

投票當天，校方利用班會時間，在禮堂設置了投票所。台下都是座位，供學生觀看開票過程。

連禦那天覺得特別清閒，或許是施螢螢請了生理假的關係。

「她沒來真可惜。我打算當面欽點她當公關，以她人緣，大家一定很放心。」安諾少坐在第一排，扭頭對身旁的妍星說。

「你應該在選前說的，螢螢那傢伙的人際關係完全勝過楊仁浩。」妍星瞥他一眼。

「沒關係，我在選前有說李妍星是我的副會長。」

「……我還沒找你算帳。」

「你們真吵。」連禦冷冷地說。

安諾少轉身看他，「連禦，你要不要進學生會？美術課的時候我看你海報做得超好，進來當個美工吧？」

「他美術很好？」她驚奇。

佳芯也幫腔：「嗯！我是學藝，他交作品給我的時候，我嚇了好大一跳！」

「真看不出來。」

「……」連禦閃過眾人如虎的目光。

「啊！開票了！」潘佳芯說。

他們正襟危坐，靜待開票人員開始動作。

不久，開票人員喊出第一聲：「一號楊仁浩一票！」

妍星的心中小小跌了一下，安諾少沒看她，只說：「沒關係，才第一票嘛！」

「一號楊仁浩一票！」

「一號楊仁浩一票！」

「一號楊仁浩一票！」

「一號楊──」

安諾少笑著對她說：「沒關係、沒關係！」

「……」

同學，你的腳在抖喔。

「怎、怎麼辦？會不會輸？」佳芯開始擔心。

「楊仁浩跟三年級的關係不錯，最上面的票應該都是三年級生的。」韓方辰小聲地說：「別擔心，等一下應該會翻盤。」

妍星看安諾少緊盯著白板，不自覺輕拍了一下他放在膝蓋的手。

他抬眼，她雖然沒有笑容，眼中卻寫著淡然。

像是在說：沒選上也沒關係，至少你努力過了。

他忽然很感動，「妍──」

「要是你輸給那個沒腦的傢伙，代表你比他更沒腦。」

「……」

「開玩笑的。」

才不好笑。

「二號安諾少一票！」

「哇！有了！」韓方辰拍了一下掌心。

「二號安諾少一票！」

「你、你們看！」潘佳芯露出笑靨。

「二號安諾少一票！」

「……看起來應該會贏。」連禦瞥了他們一眼，「開票員喊你名字的時候，大部分的人都在歡呼。」

「對，我怎麼會沒注意到！」

安諾少馬上站起來，對後面好幾排的支持者燦爛一笑。

「哇嗚嗚嗚——」

「諾少，我們支持你唷！」

「加油！」

哎，這傢伙挺受學姐歡迎的嘛。姸星撐著下巴想。

後來，票數的差距愈來愈大，在整個票箱都開完的那一刻，由現任會長韓方辰宣布二號參選人當選。

現場蔓延歡樂的氣息，只有楊仁浩學長黯然地坐在第一排發呆，為惠婕學姐的離去而心痛。

安諾少拉住姸星的手臂，催她上台，「走吧！我們一起上台致詞。」

「啊？為、為什——」

乘著風的小獅子才不管她，像開學那天一樣，高興地拉著她跑。

上了台，安諾少接過麥克風，「謝謝大家的支持！我一定不會讓大家失望！另外，我想在這邊宣布，副會長將由李妍星同學擔任，你們也能更放心。」

「哇！是李妍星！」

「沒有人比她更適合了！」

安諾少遠離麥克風，低聲問：「……李妍星，妳願意嗎？」

「哪有人現在才問？你根本不打算給我台階下。」她雖然嘴上這麼說，但也沒有拒絕之意，「隨便你！算你欠我一次。」

「我就知道妳會答應。」他笑。

祝賀的聲音此起彼落，訓導主任在旁邊也看得直點頭。安諾少難忍愉悅心情，再一次高聲感謝大家。

下台前，妍星喚住他背影，「喂，安諾少。」

「嗯？」他笑著回頭。

她的微笑帶了幾分傲，卻很美麗，「還沒上任就為學生做了這麼多事，我還真佩服你。」

他發覺她的認真，發覺自己，竟也沐浴在她難得的溫柔中。

「恭喜你，以後請多多指教。還有，雖然我是副會長，但你可別奢望我會縱容你！」

安諾少看著她紅潤的臉龐，那股清新的傲氣一瞬間就入了他的心。

「喂！有沒有聽到？」

「謝謝妳！」

他一個箭步衝向她，笑容大開，還在她白嫩臉頰落下一個重重的吻。

她的腦子刷白，整個人呆掉了。

觀眾下巴掉了。

韓方辰一臉驚喜。

連禦瞪大了眼。

潘佳芯整個人都在抖。

妍星漲紅了臉，「安、安諾……」

「安安，李妍星。」他笑得像太陽。

「安你媽啦安——」

連禦：問我安諾少怎麼了？我只知道他之後好幾天沒來上課。哼，活該。

章四　身為會長

01

「喂，你們說，那兩個人到底要維持這種狀態到什麼時候？」螢螢趴在學生會辦公室的窗邊，滿臉無奈，「都已經交接一個禮拜了，正副會長連話都講不到五句，這樣真的好嗎？」

「有什麼辦法？妍星根本不想跟諾少講話啊。」來協助的韓方辰前會長搖搖頭。身為執秘的潘佳芯皺眉，「我可以理解妍星，會長真的太過分了。」

「嘿，我沒來的那天到底發生什麼事？能不能再說詳細一點？」公關螢螢一臉八卦。

被拖進來當美工的連禦冷冷地說：「簡單來說，會長摔到台下。」

「……太簡單了。」

他不耐煩地解釋，「安諾少在台上親了李妍星的臉，結果就被李妍星過肩摔到台下。」

感覺很痛。施螢螢抖了一下。

「還有，李妍星也因為這一記過肩摔向全校師生展現了她真面目。現在，已經沒有人相信她是氣質女了。」

「什麼？那、那不就糟了嗎！」

「未必。」韓方辰轉向窗外，「妳看，那些人都是她的新粉絲。」

「呀啊——妍星好帥——」

「可不可以再為我們示範一次過肩摔呢？」

「妍星缺徒弟嗎？」

「凶巴巴的妍星看起來更美了！」

施螢螢無視窗外喧囂，把窗子全部關上，「……這些人都是被虐狂嗎？」

韓方辰聳了聳肩，「我看，諾少才是被虐狂始祖。」

四人望向會長辦公室，小獅子正在想辦法融化母夜叉。

「妍星！這企劃案妳幫我看一下好嗎？」安諾少跟在妍星的屁股後面走。

「放在桌上。」她連看都不看他一眼。

「哎，這有點急！關於園遊會的，明天就要送過去了。」

「放在桌上。」

「妍——」

妍星抬眼瞪他，他全身的毛都抖了一下。

他望著她走向門，焦急地叫住她，「喂，妳別這麼冷淡啦！」

她沒理他。

「對不起，我不該隨便亂來，但我那個時候真的太興——」

「別給我提起那件事！」

「可是……」

在門外看戲的四人對看一眼，「我們去把門關上怎麼樣？」

「把他們兩個鎖在裡面？」

「對！你看，妍星每到這時候就會逃跑，我們得讓他們趕緊和好才行，不然活動都不用辦了。」

「好，妳去關。」韓方辰別過臉。

「咦！我嗎？」螢螢抖了抖，望向連禦，「你去！」

「干我屁事。」

「那佳芯……」

佳芯默默移開了目光。

「可惡，這些孩子沒一個靠得住。」螢螢深吸口氣，一個箭步把門關上。

妍星聽見聲響，轉身發現門被牢牢關上。

「怪了，我怎麼覺得門把有點熱？」螢螢困惑。

「施……螢……螢……」

糟！是李妍星的地獄之火！

她硬著頭皮大叫：「原、原諒我啊！我們也是為了學生會好！快點在裡面和好啦！」

「妳說什——」

「李妍星！」安諾少在身後叫住她。

妍星轉頭，「……幹嘛？」

「抱歉，我害妳好不容易建立起來的形象破功。」他看起來很誠懇。

雖然有點可惜，但她不怎麼在乎這件事。

她別過臉，「那又怎樣？大家遲早會知道。」

「所以妳果然是在氣我亂親妳嗎？」

「我沒有生氣！」她脫口而出。

安諾少呆了一下。

妍星臉一紅。

「不、不對！我快氣死了！」她氣急敗壞。

還好安諾少沒打算繼續逼瘋她，「那個……妳不是問過我為什麼要參選嗎？」

「嗯。」

看她已經逐漸恢復平靜，他繼續說：「妳說過，國中的時候妳個性太強勢，所以被很多人誤會。我就想，如果我能當妳跟那些人之間的緩衝，那會怎麼樣？」

「咦？」

「當然，我也希望能為我自己做點什麼。我希望能改變學校風氣，更希望能辦一些很棒、很有創意的活動。不過，沒有妳的話，我想我應該做不到。」他望進她眼底，那抹晶亮讓他看起來更加閃耀，「所以，我想借用妳的能力，也把我自己當成妳個性的緩衝，互補、互助，一起勇敢地改變這個學校！」

「你意思是……」

「對，妳就是我參選的原因。應該說，我沒辦法想像我的副會長不是妳。」

奇、奇怪，他的話明明就很正常，為什麼她會……

安諾少伸手碰了一下她瀏海，「對了，我忘了跟妳說——也請妳多多指教。」

他的笑容在她眼中綻放的瞬間，她緋紅雙頰。

「……我去上廁所。」

安諾少愣了愣，注視她落荒而逃的背影。

躲在門邊的螢螢等人見副會長走出來，發現那張美麗的臉龐竟染上紅霞。

他們看呆了，「……等等，妍星在害羞嗎？」

螢螢噗哧一笑，「安諾少！你也真厲害，竟然讓妍星臉紅！你知道嗎？她從以前到現在都是感情絕緣體……喂，安諾少？」

安諾少低著頭，一聲不吭地走出辦公室。

那雙耳朵，比妍星的臉還紅。

「……」

這兩個孩子怎麼會這麼萌？

李妍星：安諾少真的很煩！超煩！煩死了！

02

「喂，你們說，那兩人現在這樣有比較好嗎？」

螢螢再度趴在窗邊，看正副會長依舊各忙各的，不同的是，他們對上眼會紅著臉避開彼此！

喂！這是在演哪齣！要不要這麼嬌羞啊！

「別急，至少他們有交集了，也會談談公事。」韓方辰笑得很開心。

「對了，學長，我以為你多少會對妍星有一點好感耶！沒想到你挺支持他們的。」

「我？別鬧了！」他大笑，「我有女朋友了，才不敢在外面亂來。」

「學長有女朋友了？」安諾少手中的企劃書掉落，大驚失色。

「……」

等等，所以妍星是煙霧彈嗎？其實你在意的是韓方辰學長吧？

「嗯，不同校，是遠距離。不過，我們已經交往三年了，打算上大學就同居。」

「哇，好甜蜜！」螢螢的頭上開始冒少女泡泡。

安諾少呼出了一口氣，也不曉得在放什麼心。

但韓方辰有火眼金睛，「諾少，你該不會是以為我要追妍——」

「啊！學長，這個企劃案是你上學期寫的，幫我看一下我有沒有偏離你的本意！」安諾少把一個資料夾丟到他身上。

韓方辰也沒說什麼，挑了挑眉就開始檢查。

「對了，我明天就不會過來了，交接也做得差不多，之後就靠你們努力啦！」

「咦？學長你不來了嗎？你一個可以抵十個耶！」螢螢覺得很可惜。

「總不能我一個老人一直窩在這裡吧！放心，你們不是下禮拜就要徵選幹部？到時候會有很多人才給你們選。」

「……我倒覺得不會是人才。」連禦看了一眼快被迷妹擠爆的窗戶。

沒辦法，這一屆的正副會長太亮眼了，粉絲世紀多。

「我看完了，很好，可以送出去了。這企劃案去年是被校長擋下的，你們直接去找校長就好。」韓方辰把文件還給他。

「謝謝。」安諾少轉頭看妍星，「嘿，我們走吧。」

妍星沒說什麼，第一個走出辦公室。安諾少跟在她後面，沒多久就被身後的連禦叫住。

「喂！」

「嗯？」他回頭。

「你知道校長很注重儀容嗎？你制服沒紮，領帶也沒繫好，還沒進辦公室就被轟出去了。」他邊說邊走近安諾少，伸手就幫他把領帶繫好。

一眨眼，安諾少脫離了石器時代。

「哇，連禦你明明長得很帥，女子力竟然這麼高。」螢螢驚呼。

「別吵。」

「別害羞嘛！」

「謝啦！」安諾少比了個手勢，便趕緊跟上走遠的姸星。

「看來螢螢沒說錯，你跟連禦的感情滿好的。」姸星忽然說。

「有嗎？」

「聽說楊仁浩學長來我們班嗆聲的時候，連禦一屁股把他撞飛。」

「喔！沒有啦！那是因為施螢螢一直追著連禦跑，他不小心才把學長撞飛的。」

「……」

所以施螢螢那天只是在提前為自己脫罪嗎？

「對了，妳覺得校長會同意我們改良園遊會嗎？」安諾少晃了晃手中的企劃書。

「搞不好那在她眼中根本不是『改良』。」

「也對啦！校長太傳統了，總是認為讀書至上。」

「而且，她覺得開放外校生進來參觀會造成很多問題。」

安諾少的聲音忽然高亢，「放心！我已經加強交服的配置了，擺攤的場地也增加很多垃圾桶，我相信外校生的素質沒有那麼差。」

看著他的笑容，她也被賦予了一點點信心。

「──駁回。」

兩人化成灰。

女校長推了推紅框眼鏡，「諾少、妍星，我知道你們致力讓學校更好，但這種顛覆傳統規定的活動我實在不敢輕易放行，可能要再考慮考慮。」

「校長，您去年也這麼說。」安諾少哀怨地說。

「比起園遊會的事，你們先完成這個比較實際。」

兩人一愣，「什麼？」

校長拿給他們一疊文件，上面寫著某間學校的資料。

「下個月我們姊妹校的校長要來參觀，就由學生會當導遊吧！」

妍星問：「為什麼是學生會？」

「因為校長只是想來我們學校走走，不是官方行程。我那天要開會，只好麻煩你們了。」校長勾起嘴角，「我會幫你們請公假。啊，記得帶校長看看我們的校史室，還有那些學術性的社團。記著，要讓他看見我們學校的優良傳統，讓他覺得我們的學生都是一群愛讀書的資優生，明白了嗎？」

「……明白了。」

「好，你們先回家吧。」

離開校長室時，他們雙雙嘆了一口氣。

安諾少：「喂，現在怎麼辦？」

李妍星：「還能怎麼辦？先回學生會好好計畫一下要帶校長參觀哪裡啊。」
安諾少：「好吧！那晚上要不要一起吃宵夜？」
李妍星：「怎麼突然想吃？」
安諾少：「我看到校長的臉就餓了。」
李妍星：「……這句話不太對。」
於是新任正副會長再度嘆了一口氣，認命地回到學生會跟辦公桌打架。

施螢螢：只有我覺得安諾少跟連禦很曖昧嗎？

03

安諾少在烈日下奔跑，那乘著風的樣子有很多人在看。
跑道明明那麼長，他卻把它縮成了一個笑容的距離。
「諾少加油！」
「呀！會長好帥！」
「衝啊！跑給他追！」
聽見那麼多加油聲，安諾少俏皮地回頭，對廣大粉絲露齒一笑，還順道行了個帥氣的二指禮。
又是一陣尖叫。
練習結束後，安諾少到陰涼處喝了口水，擦擦額頭上奔騰的汗。那一瞬間，他又聽見身旁的騷動。

「天啊，不管做什麼都超帥！」

「甩髮也帥！擦汗也帥！」

「大神就在我眼前……帥到沒天理了啊……」

大神？這樣說他，會不會太過了啊？

安諾少不好意思地抓抓頭，都已經在休息了，居然還有人在談論自己。

他牽起嘴角，打算回應一下她們：「謝——」

「呀！李妍星超帥啊！」

「我的大神！喔喔喔喔喔喔！」

「妍星看我了啊啊啊啊啊！」

「……」

安諾少抽了下嘴角，目光移動，發現了李妍星在籃球場上馳騁的英姿。

三分球，空心。

真、真不愧是全能的李妍星啊。

「妍星！妍星！妍星！」

「妍星！吼吼吼吼吼吼！」

安諾少注視那抹躍動的身影，忍不住笑出聲，「噗，李妍星同學竟然比男人還受女人歡迎。」

「你也這麼覺得嗎？」

安諾少抬頭，看見施螢螢走到他身邊，露出調皮笑容。

「喔！妳怎麼在這裡？」

「田徑社帥哥很多，當然要來看一看！」她笑得很美，卻很陰森，「呵呵呵，這些小鮮肉的小腿肌都好性感啊。」

「……」

難怪他剛才覺得腿的部分有點不舒服。

「妍星也很性感啊！你知道嗎？她其實身材很好，只是穿得很保守，一般人才都沒注意到。」

安諾少愣一下，莫名有一點不自在，「……妳跟我講這個做什麼？」

「哦，我以為你會有興趣呀。」施螢螢眨了眨眼。

他難得瞪了她一眼，也沒再說話。

「我是說真的！會長呀，有興趣就好好把握，妍星雖然沒談過戀愛，但也沒遲鈍到哪裡去，好好開化的話還是有機會的。」說完，螢螢笑得很討人厭：「加油唷！哈哈哈！」

「……妳啊，快去看妳的小鮮肉吧。」他沒轍。

「這不用你提醒啦！」

落下這句話，花癡女又鑽入茫茫肉海中覓食了。

安諾少的目光轉向球場上的李妍星，對方正好也結束練習，擦了汗，抬頭就撞見他視線。

四目交接，他的心沒來由抽痛。

「喂！安諾少。」結果，妍星也罕見地主動喊了他。

「怎麼了？」

妍星慢慢走近他，束起的長馬尾輕盈晃動，不同於以往，但看起來還是很漂亮。她到了他面前，輕輕瞪他一眼。

「還怎麼了？等一下學生會要開會啊，忘了嗎？」

「當然沒忘。」他可是會長呢，「不過我要去還器材，妳先去吧！」

「嗯。」

他們在操場旁道別，安諾少往另一邊的器材室走了幾步又回頭，剛好看見李妍星也回過臉來的那一瞬間。

那時候，他意識到他開票那天對她的舉動，或許不是因為自己太興奮的緣故。

把器材還完之後，安諾少看了一下手錶，時間還早。不過，李妍星應該已經在裡面準備會議資料了，認真如她，他還是趕快去幫她的忙，才不會被巴頭。

一進門，他看見妍星坐在辦公桌旁整理資料，一身體育服都還沒有換下來。

「來了？」她抬頭瞥他一眼，「你去幫我把上禮拜的會議記錄找出來，我記得是你收起來的。」

他點點頭，走向牆角的塑膠櫃，翻找了一下就回頭跟她說：

「剩下的我準備吧！李妍星，妳還不換衣服，汗被冷氣吹乾之後會感冒啊。」

「差點忘了。」她看起來有幾分懊惱，手一伸就把那頭長髮放下來，然後拎起衣服往會長辦公室走去。

「妳要在裡面換？」

她回頭，「嗯，反正又沒人。」

「也對……」

她繞過他身邊，在擦肩而過時抬頭看了他一眼。那只是下意識的注視，他卻莫名地別開目光。

嘖，施螢螢那段話還是多少影響了他。

「畢竟我也是個健康的男孩子嘛。」等姸星把門鎖起來之後，安諾少自顧自地說。

「安諾少！」門裡面傳來她的聲音。

「嗯？」

「不、要、盯、著、窗、戶、看。」

「……」

安諾少：我真的不是變態。

04

開完會之後，學生會終於確定了姊妹校參觀行程的方向。安諾少把會議記錄檢查一遍，拍了拍桌就宣布散會。

那時是放學時間，人差不多都走光了，只留下姸星他們幾個。

施螢螢稱這些人是核心成員，但姸星只覺得她想多了。

「所以說，那天還是要帶何校長參觀學術性社團和資優班？」他們，也有很多辦不到的事。

「嗯，因為其他的行程校長不給過。」姸星淡淡地說。

「校長嘴上說要讓學生會規劃行程，但實際上還是管東管西啊。這一點，不管是哪任校長都一樣。」跑來辦公室幫他們想辦法的韓方辰說。

「別浪費力氣了。」連禦的鼻子哼了一聲，「要是那校長有這麼容易說服，這個學校也不會維持這麼多年的傳統。」

「我、我也是這麼想……」佳芯看起來很低落。

下一秒，他們的目光一致望向坐在大位的安諾少。但他沒說話，兩道英氣的眉皺在一起，難得凝重。

妍星看了看他，下了結論：「總之先這樣吧！期中考也快到了，先讓大家回去看書。」

連禦率先走出辦公室，看樣子是不覺得會議能改變什麼。說到底，比起活動，他可能也比較喜歡讀書。

佳芯一向把成績看得很重要，匆匆道別就走了。施螢螢倒是沒想過要看書，說是要回宿舍睡覺。

「哎，真希望校長能給學生一個機會。」韓方辰突然說。

妍星和安諾少望向他，對方也沒多說什麼，聳聳肩就走了。

她把桌上的資料都收好，回頭看了安諾少一眼，他坐在大位上動也沒動，目光卻鎖著自己。

「喂，李妍星……」

「嗯？」

「我覺得，機會要靠自己創造。」

她愣一下，「什麼？」

安諾少站了起來，一下子靠近她身邊，太陽般的笑容賊兮賊兮，像是要告訴她悄悄話。

「如此這般、如此這般……」他在她耳朵旁邊說。

「……我只聽到你說『如此這般』。」

「哈！總之，妳拭目以待吧。」

「我現在已經猜到你想做什麼了。」

「真的嗎？妳說說看。」

「八成就是不照校長的方針走。」她拍拍他肩，細眉一挑，「想清楚喔！可是要寫報告書的。」

「沒關係。」他也拍拍她頭，彎眸一笑，「副會長會陪我一起寫。」

「誰要陪你寫啊！」

「啊，妳不陪我嗎？」他的聲音放沉。

雖然知道他沒特別意思，但這句話所蘊含的柔情還是讓她呆了一下。過一會兒，她難堪皺眉，一拳就打過去。

「再吵就揍你。」

「……妳已經揍了。」

不過，安諾少一點也不在意自己被揍，反而心情甚好地望著資優生落荒而逃的困窘模樣。

順其自然……

似乎也不錯？

安諾少罕見地把笑容融成微弱的陽光，鎖在唇邊，那樣雲淡風輕地微了微笑。

何校長來參觀學校的那天，很多學生都爭先恐後地擠在窗邊看了。

開玩笑！他們可是創校以來平均顏值最高的學生會幹部，難得一字排開站在校門口的風景當然得看一下。

妍星的臉上果然掛著招牌微笑。也對，要是她在何校長的面前露出真面目，大概也用不著帶對方參觀了。
「時間也差不多了，何校長的車怎麼還沒來？」
妍星望向施螢螢，「我們校長有哪一次的朝會是準時的？」
「妳的意思是，只要是大人物都會遲到嗎？」
「……會準時才奇怪。」連禦一針見血。
螢螢打了個大呵欠，「早知道晚一點起床了！我的黑眼圈又加重了，真討厭。」
「比起關心妳的黑眼圈，不曉得妳有沒有發現另一個『大人物』也遲到？」妍星看了下手錶，淡淡地說。
「喔？」她左顧右盼，「等等！我們會長居然還沒來？」
是，安諾少還沒來。妍星超想掐死他。
「奇、奇怪，會長怎麼會遲到？」潘佳芯擔憂地說。
「這我不知道，不過，我倒是知道他要是再不來的話會發生什麼事。」妍星笑了笑。
「……」
其他三人望著李妍星小姐的笑容，不自覺地抖了幾下。
「啊，校長來了！」
螢螢提醒他們。戴著灰色圓帽的何校長從黑得發亮的車子下來，幾個陪同的老師跟在身後，緩緩地走進校門口。
妍星端正儀容，帶頭對校長敬了個禮。
「歡迎何校長蒞臨本校！」

「呵呵，這位就是李妍星同學吧？」

妍星抬頭看，何校長一頭灰白的髮不減那雙黑眸的銳利，略帶沙啞的聲音卻蘊含威嚴。

她認為，比起本校校長，何校長更有身為校園領導人的氣息。

「是的。」她說。

聽了，他沉穩地笑笑，「……那麼，我很期待今天的參訪行程。」

連禦：嘖，雖然李妍星這個人是萬能得很可怕沒錯，但安諾少那傢伙到底什麼時候才要來？

05

雖然會長還沒來，但副會長把行程背得滾瓜爛熟，帶著何校長走遍了校園裡的著名景點，還有校長強調一定要走訪的學術性社團。

妍星的臉上依舊掛著優雅微笑，但所有人都知道她皮鞋踏得一次比一次大聲。

會長怎麼還不來？

「喂，安諾少會不會是睡過頭了？」趁妍星很專心地在跟何校長介紹校史室時，施螢螢回頭問連禦。

「我怎麼知道？」他依舊高冷的鼻子哼一聲，「妳不是每天觀察男宿陽台？難道沒看見他有沒有出來找內褲穿嗎？」

「哎呀，他又不是那種睡覺不穿褲子的人……等等，原來連禦你睡覺都不穿褲子？」

「……」

一旁，潘佳芯推了推眼鏡，佯裝鎮定的臉上浮現幾抹羞澀。

連禦狠狠地瞪了施螢螢一眼。

「啊，看來貴校這幾年還是維持著優良傳統啊。」

三人往何校長看去，恰巧觸見對方意味深長的微笑。

妍星回以嫻靜笑容，轉個方向，又將何校長請出校史室。

「接下來……」

忽然，走廊另一端傳來隱約的樂聲。妍星一愣，為了何校長的參訪行程，隔壁活動中心應該已經清場了才對。

何校長問：「嗯？現在有活動嗎？」

「這……」

她頓了頓，正想怎麼說才妥當，何校長已經往前走了幾步。

「去看看吧？剛才參訪的社團都是靜態的，挺想看看動態的呢！」

「啊，沒問題！」

妍星示意後面三人跟上，並跟隨何校長的腳步前往活動中心。

她倒是有點意外，這位姊妹校的校長似乎跟本校校長不大一樣。至少，本校校長就對動態的社團完全沒興趣。

真要說的話，只有管樂社那種優雅的社團才比較得她的心吧。

「你們看，門沒關耶！到底是誰在裡面？」螢螢很好奇。

「……有種奇怪的預感。」妍星喃喃低語。

當他們走進活動中心一探究竟，才發現舞台上竟擺滿簡單的佈景，幾個學生待在兩側，面帶微笑地看過來。

「戲劇社？」

不對，台下還有熱舞社的人？

「李妍星！」

在她恍惚的同時，那一聲彷彿乘著清爽陽光的呼喊響起！

「安……」

「呼，總算準備好了！」

那人拔山倒樹而來，定睛一看，正是失蹤了兩小時的安諾少。

他笑得眉眼開，「何校長！您好，我是學生會長，安諾少。今天特別為您準備了一段表演，希望您能賞光。」

「喔？」何校長沉穩看他，彎了彎帶有歷練的嘴角，「當然，我很期待。」

施螢螢連忙把何校長請到座位上，也叫另外兩個閒雜人等坐好。只有妍星還待著，等安諾少回過頭來，給她一個解釋。

台上的戲開始演了，而她要看他葫蘆裡賣了什麼藥。

她漂亮的眼睛瞪向他，「說，遲到兩小時都在這裡幹什麼？」

「看也知道我是在準備一場昏天暗地的表演給何校長吧！」

「……你應該是要說『驚天動地』？」

「喔，對啦！」但他不管，「這是我的方式。我想介紹這些不被校長認同的社團給他，讓他知道娛樂性的活動也是很棒的。」

她彎起嘴角，「做好寫報告書的準備了嗎？」

「我知道妳會陪我。」他笑得超賊。

「並不會。」

「喂，別站在這裡了，一起來看表演吧？雖然只花了一個禮拜的時間準備，但他們都很盡心盡力地挺我，我超感動。」

她沒說話，看著安諾少在下一秒朝她伸出像是邀請的手。

彷彿舞台上的燈光都照進他眼中，難以直視。

「……那找位子坐吧。」

「嗯，過來這裡！」他疾風般的話語落下，也像一陣風攫住她手臂，拉著她走向觀眾席。

但那一刻，妍星覺得他才是站在舞台上的人。

妍星坐了下來，台上的人一組換過一組，不只戲劇社，連熱舞社都上來了，中間還穿插流行音樂社的表演。

「找來這麼多社團，你人緣也挺好的嘛。」她看了一下，還有熱音社在旁邊等。

「都是幫忙過的社團啊。」他笑，「我發現，這學校的人其實不難相處。就算有派別的阻礙，只要認真地去了解每一個人，大家都會變得很好溝通。」

「所以說……」

他亮澄澄的雙眼堆滿笑意，「所以，學生會不能只以身分讓人信服。真正了解學生的心聲，才是最重要的！」

「……難得你也能說出這麼深奧的話。」

「喂！」

不過，妍星也跟著笑了。這笑容不假，是帶著傲氣的溫柔容顏。

「現在想想，挺你當學生會長似乎還不錯。」

「嘖，那是當然。」他看了她幾秒，別過目光，「李妍星小姐也好好維持一下母夜叉的形象啊，別太溫柔了。」

「你說誰是母夜叉？」

他躲不過她眼刀，卻不禁帶著微笑咕噥一句：

「……突然那樣可是很難招架的喔？」

妍星是聽不懂他在說什麼，不過，也被他頰上可疑的色彩影響得不能自在了。

潘佳芯：總、總覺得妍星最近似乎變溫柔了……啊，特別是會長在的時候。不過，暴走也常常是因為他呢。

章五　因為是妳

01

「今天很感謝學生會的招待。」

校門前，何校長偕同幾名老師向妍星他們致意。待妍星回禮，何校長再度露出了意味深長的微笑。

「你們的學生素質高，社團發展得也很好。更重要的是，學生會還為了我這個私人行程準備了一段精彩表演，足以顯現你們對任何事情的認真。我看得很盡興，謝謝你們。」

「這是我們應該做的！」

他笑了笑，「那我們就先回去了，再替我跟楊校長打聲招呼。」

「是，請您慢走。」

目送何校長離去後，安諾少呼出一口氣，轉頭見到妍星的神情像是放下重擔。他抿唇，上前拍了拍她肩膀。

然後，他望向布置了校內指引標示的連禦、幫忙聯絡各社團的施螢螢、替行程做出更縝密規劃的潘佳芯……

呼，有這些夥伴真是太好了！

「謝謝你們！辛苦了！」

施螢螢首先應聲：「哎呀，這又沒什麼！會長多多介紹帥哥給我就好！」

「活、活動有順利進行就好。」佳芯害羞地笑笑。

連禦倒是一聲不吭，轉過身去，而安諾少對他的背影投以感激目光。

「好了，我們也差不多要回教室上課，快走吧。」妍星提醒大家。

「哎，校長怎麼不乾脆放我們一天假啊？」

「想得太美。」

「我、我也覺得有點累……」

說是這麼說，但幾個人還是認命地邁開步伐。

妍星隨意地撥了下長髮，漫舞髮絲在陽光下襯得更亮。在她的皮鞋輕巧落地前，有一雙手抓住了她。

她回頭，安諾少的亮澄瞳孔閃閃爍爍。

連禦等人已經走遠，也沒發現兩人的腳步停在此刻。

「趁這個空檔晃晃吧？」

「……啊？」

妍星都還沒反應過來，就被安諾少一把拽走。她乘著他如風般的步伐，凝望他澄金飄搖的髮絲，有那麼一秒相信——這一刻或許哪裡都能去了。

他帶她到校園高處，那裡有一口老舊的鐘，風景和視野都很好。妍星知道平時有很多情侶會在這裡約會，不過，她真沒想到安諾少會帶她來。

現在是上課時間，這裡當然沒人。她安靜地跟著那傢伙的腳步，漸漸走向能瞭望全校園的天台旁。

「謝謝妳幫我拖住何校長啊。」他握住欄杆，轉頭一笑。

「拖住？你還敢說啊。」她背對他，側過臉瞪他一下，「雖然你把活動辦得不錯，但無預警消失兩小時也太胡鬧了。你幹嘛不先跟我說？」

「啊，想說給妳一個驚喜啊。」

「驚喜？我又不是何校長。」她嘆口氣，「總之，我們剛才都快急死了。」

「有嗎？看不出來。」他笑嘻嘻地靠近她，「李妍星，妳做得很好啊。」

她被他話中的稱讚和寵溺弄得呆了一下。她把頭髮勾到耳後，閃避了他的目光，「別用跟狗狗講話的語氣對我說啦。」

「幹嘛，妳不喜歡嗎？」

「誰喜──」她轉頭，卻撞見他眼中無限放大的溫柔。她的心臟縮了一下，是真的不自在了。「總、總之，以後要做什麼先跟我說好嗎？欠揍。」

「好啊，我以後，什麼都告訴妳。」

顯然，她的刻意閃避，迂迴不了他的直白。要是不認識他，妍星大概會覺得這人是情聖大渣男。但就是了解，才知道他那看似玩笑的話，都是認真的。

而她的心，似乎也像這陣清風一樣，搖搖曳曳、飄飄蕩蕩。她不知道自己還能不動搖多久，可是，就這樣被他牽著鼻子走好像也不錯。

「要回去了嗎？」安諾少問。

妍星離開欄杆旁，拍了拍裙子。但不知怎地，腳步忽然有些闌珊。

「那當然啊，還得上課。」

可安諾少沒動，他噙著笑意，聲音變輕，「唉，妳應該要說『還不想回去』才對啊。」

她回頭，一臉無奈，「為什麼？」

「因為我還想再待一下。」他側著臉，目光搖曳。明明是白天，卻像暗夜的星一樣，微微閃爍。

「……可能是妳也在的關係吧。」

連禦：別以為我沒發現那兩人又不見了。嘖，安諾少就算了，李妍星是轉性了嗎？

02

「各位，園遊會的企劃案通過了！」

學生會辦公室的門被一腳踹開，妍星正想抬頭罵人，誰知道安諾少風風火火地闖進來，滿臉雀躍。

「咦？」施螢螢第一個應聲，「你說啥？真的假的！」

「對！校長開放外校生進來了，而且我們規劃的活動全部都批准！」

連禦挑眉，「校長是嗑藥？」

「連禦同學，這、這麼說好像不太好……」潘佳芯一臉尷尬地說。

「不，我也懷疑她是不是嗑藥。」施螢螢喃喃自語。

妍星走過去，拿走安諾少手上的資料，「確定嗎？你是不是想了什麼方法說服她？」

「應該說，那天帶何校長參觀校園，就是一種『說服的方法』。」他得意洋洋，「多虧那件事，我們校長她啊，被何校長說服了！」

「為什麼？」妍星一愣。

「嘿嘿！」安諾少神祕一笑，「因為，我剛才聽校長說……何校長居然是她的表哥！」

「表哥？」眾人震驚。

「參訪行程，我們把何校長逗得太開心了，所以他決定贊助我們園遊會。以此為條件，他希望校長能批准一些比較新穎的規劃。我在想啊，他應該也觀察我們學校很久了，可能希望這一任校長走出有別於傳統路線的新方向吧。」

她想，安諾少說得有道理。在帶何校長參觀時，他的確屢次說出意味深長的話。

不管如何，事情能這樣發展真是太好了。

「那麼——就請各位在接下來的時間多加準備，好好把這次的校慶園遊會辦一個爆炸厲害，嚇死校長吧！」安諾少興致高昂地宣布。

眾人雖帶著不同的表情，但團結的心是一致的。於是，在籌備的日子裡，學生會全體成員忙到天翻地覆，而校慶園遊會，就在全校師生的期待下，隆重開幕了——

「喂，這競賽是誰想出來的啊？麻煩死了。」

校慶當天，妍星綁了一束漂亮的馬尾，額上捆著橘色布條，一臉嫌棄地站在起跑線。

「好像是我吧……」施螢螢輕輕地飄過。

「搞什麼借物競賽啊，人緣不好的人不就借不到？」她瞪她，「而且，妳自己沒上場是怎樣？」

「哎喲，我跑步那麼爛，上場的話我們班就輸了耶。人緣的話，妳才不用擔心呢，看！」

妍星朝施螢螢指的方向看，發現那邊竟然有一排人舉起了「妍星後援會」立牌，還準備了各式各樣的東西在桌子上，像是恨不得她來借。天啊，這根本是幫她作弊。

「……我絕對不會過去的。」

不用說，安諾少鐵定是他們班上跑得最快的，不過，他要參加的是田徑，像借物競賽這種需要跑速，又沒有那麼正經比輸贏的活動，眾人一致推選妍星來參加。

雖然是很適合啦，但她本人不怎麼願意就是。

「李妍星加油！」那姓安的笨蛋，嗓音響徹雲霄，不用看也知道會長人在哪裡。

她淡淡瞥他一眼，在心裡有了決定。

「各位選手，準備好了嗎？第一題的題目是……」主持人幸災樂禍地道：「討厭的人！」

此話一出，全場澈底傻眼。

「靠，螢螢出這什麼爛題目啊？是要讓大家打架？」妍星翻了個白眼，腳下卻已經開始跑起來。

她毫不猶豫，直直往安諾少的方向衝去。

來到他面前時，他整個人僵硬在那裡，而妍星一臉傲氣：「跟我走。」

「啊？喂！妳、妳真的討厭我？」

安諾少嘴上那麼說，但還是認命地跟著她跑。終點有一段距離，安諾少輕而易舉地超越她，在她面前回過頭來喊：

「李妍星，妳會不會太過分啦？竟然討厭妳的會長！」

「怎樣，不行嗎？」

「也不是不行啦，只是……」他開始裝哭，「我要哭了喔。」

她忍不住笑，「白癡喔，我只是要找腳程快的人。」

聽了，安諾少便露出狡黠笑容，「是嗎，意思是妳不討厭我？」

這句話似乎別有他意，她雖然被疾風的颯爽包圍著，但還是能聽出他話中的試探。她閃過他的目光，加快速度，與他並駕齊驅。

「再不專心跑，就討厭你。」

他望著她頰上的緋紅，不知道是運動所致，還是她也為他在身邊而感到動心。不過，那不重要。

安諾少伸出手，抓住了她纖細的手臂。

「來啊。」他望向前方，眉間多了一道英氣。「一起跑，行吧？」

而她，跟著明顯有顧慮她速度的那道澄金背影，輕淺地浮起了一絲動人微笑。

施螢螢：妍星她丟下了後援會，光明正大在跑道上和安諾少眉來眼去。唉，禍水啊禍水。

03

比賽結束後，施螢螢拖著大家逛攤位，妍星不愛逛，但對自己班上的業績滿有興趣的。他們是賣鬆餅，雖說有專業的器具，但也是多虧了班上有幾個家裡開甜點店的同學，才能賣得這麼好。

妍星晃去收銀那邊看看，稍微問了一下成果，就滿意地走向其他人。

「欸，你們知道連禦有做幾包餅乾放在櫃台嗎？」施螢螢賊兮兮地說。

「真的假的？」安諾少一臉驚奇。

潘佳芯指了指放在顯眼處的幾包手工餅乾，小聲說：「我、我早上有看見連禦同學把餅乾放在那……」

連禦狠狠地怔住，不知怎地臉就變紅了，「不要注意那種事！」

妍星倒是很有興趣，「你真是讓人意外耶，會美工，又會做甜點。」

「不要用那種看女人的表情看我。」連禦暴怒。

「哪有？誰說男生就不能賢慧。」

安諾少笑著拍他肩，「哎，別害羞了，李妍星是羡慕你女子力比她高啦……啊好痛！」

「再說就揍死你。」她惡狠狠地說。

「喂，別吵了，你們看！有一群人在看連禦做的餅乾。」施螢螢興奮地指過去。

他們轉頭看，的確有幾個人擠在櫃台，髮色還很顯眼。帶頭的男生留著深藍色短髮，似乎在跟他身旁的小隻女孩說話。

「笨狗妳看好了沒？本大爺不想在這裡太久，滿屋子砂糖的甜味，膩死了。」

女孩長得很可愛，棕紅色的微捲長髮不像是染的，配上那張正在猶豫的小臉，簡直就像一隻貴賓狗。

「可是看起來都很好吃嘛。你看，鬆餅有這麼多口味，這幾包餅乾看起來也很棒……」

「嘖，都買不就好了嗎？大不了本大爺付錢。」

女孩身旁染一頭杏色短髮的高冷男孩說：「哼，炫富。」

「幹，白毓琮你想打架是嗎？」

「誰理你。」

「祝、祝恆！」

「呵呵，這裡排隊的人很多，你們別太大聲比較好喔。」黑長髮的漂亮女孩優雅勸戒。

雖然她的語氣很溫柔，但不知怎地聽了讓人毛骨悚然。

幾人就這樣站在不遠處觀察，看紅髮女孩把餅乾拿去結帳。妍星看了連禦一眼，對方的嘴角微微地勾了一下。

「我說啊，那個藍髮的長得還真帥。喔，臉很臭的那位也不錯，他的氣質跟連禦有點像。」施螢螢又在對鮮肉品頭論足。

「妳意思是我臉臭？」連禦聽出了重點。

「哎，別在意那種小事啦！」

「不、不過我覺得……」潘佳芯默默地出聲：「那兩人的互動，跟會長、妍星有點像。」

「誰？」安諾少和妍星同時回應。

潘佳芯沒有回答，但兩人再度回過頭，看那群人吵吵鬧鬧地走出教室。女孩雀躍的樣子，似乎正在和藍髮男孩分享什麼天大的快樂。而男孩一臉嫌棄，但目光盈滿了寵溺。

「對耶，只不過是男女對調。」說完，施螢螢放慢了語速，「我敢說……那兩人一定在談戀愛。」

聽見「戀愛」兩字，兩人不約而同地愣了一下。他們沒有看向彼此，但一致把目光投向天花板。

眾人看著他們微妙的變化，各懷心事。

忽然，有人走過來拍安諾少的肩膀。

「會長！剛才有個人來教室找你，說叫你去天台見她。」

妍星認出那是同班同學，不過，誰來找他啊？

「誰找我？」安諾少顯然也不知道。

「她好像說……叫惠婕？」

妍星愣了愣，那不就是之前拒絕安諾少的學姐？現在是看他當上學生會長，回心轉意了嗎？

安諾少明顯沉默了一下，隨後抬頭對他笑，「嗯，謝啦。」

她看不清楚他是什麼心情，如同現在，她也不知道自己是什麼心情。不過，她邁出了步伐，一聲不響地走出教室。

其他人根本不知道惠婕是誰，也沒聽說過那段故事。他們跟上妍星，就只有安諾少留在原地。

沒多久，他便往另一個方向離開。

施螢螢注意到安諾少脫隊，半開玩笑地說：「會長去赴約啦？那女生一定很正。」

「我好像有聽說過那個女生，是熱舞社很有名的學姐……」潘佳芯默默補充。

「學姐？啊，安諾少這種男生，的確很容易吸引學姐。」施螢螢轉向妍星，本來想開玩笑，但她的臉色像地獄一樣可怕，讓她立馬閉嘴。

女主角沒說話，其他人也沒打算繼續討論下去。不過，連禦望著她緊繃的側臉，若有所思。

李妍星：看屁啊，那傢伙想怎樣干我屁事。就不要最後又哭著回來。

04

妍星也不知道自己怎麼會在這裡。

她移動僵硬的步伐，沒幾步就停在樓梯上。往上，就是學校天台，那裡有安諾少和來意不明的學姐。

雖然還有一段距離，但她已經聽見安諾少的聲音了。不過，聽不清在說什麼。

或許是風帶她來的。

她想起安諾少微笑時，那像風一樣的自在從容，她的心就隱隱抽痛。

她是全能的李妍星。但這一刻，她什麼都做不了。

「衝上去？那未免太白癡了，我又不是安諾少……」她喃喃自語，在樓梯坐下。「唉。」

「妳在碎碎念什麼？」

不耐煩的男聲響起。姸星大驚，抬眼撞見連禦那張冷淡的臉。

「你怎麼在這？」

「還敢問我，妳該不會又在偷聽吧？」

他的話正中紅心，姸星狼狽地靜默。她看他明顯不高興的表情，想了想，還是說：「上次的情況也差不多。」

她沒說清楚，但連禦知道她在說什麼。上次安諾少和學姐在樓梯談判時，她就躲在上面偷聽。那時，連禦也剛好路過。

不過，這次總不會是路過了吧？

「你上天台有事嗎？」

「妳才有事。」連禦翻白眼，「還不是妳一臉鬼鬼祟祟跑上來，我才過來看看。」

「……我才沒有鬼鬼祟祟。」

連禦難得多話，「妳要是在意就過去啊。」

「在意？哪、哪有在意。」她別過頭，「而且，你什麼時候會說這種話了？」

「哼，只是覺得妳待在這裡，明明什麼也聽不到，白費力氣。」

她又被他說中，但這次帶著釋然的無奈笑意，「……好像也是。」

見她難得乖順，他不習慣，也有一點不自在。他別開目光，隨意勸說：「反正，直截了當地衝上去罵人才是妳的風格吧。」

「那是什麼風格？聽起來有夠討厭的。」

「妳就是這樣啊。」說完，他小聲咕噥：「不過，也沒有很討厭啦。」

「謝啦！」她突然說。

連禦轉頭看她，那張漂亮的臉上沒有太多情緒，但一雙黑眸黯淡迷茫。她沒注視他，也沒往天台的方向看。可是，連禦就是知道她在想誰。

「……謝什麼？」

「你在安慰我吧。」

「啊？屁啦，我——」

「那我回去了。」

姸星俐落起身，拍了拍裙子，不一會兒就消失在樓梯轉角。而連禦待在原地，本來要走，但又回頭看了一眼天台的方向。

兩個人站在那，看不清臉。

「唉。」這次輪到他嘆了氣。

校慶圓滿結束後，學生會統計業績，發現這次的生意真是好到不行。雖然這間學校已經夠有錢了，但業績好，也代表校慶辦得不錯，對校長來說是一大喜事。

校長在朝會公開表揚了學生會，安諾少也受寵若驚。那張撲克臉，總算有認同他們的時候。

「哇，聽說有很多名校學生有來，回去之後都想跟我們締結姊妹校呢。」施螢螢翻了下手中名冊，「不過辦個校慶，也能有這麼多驚喜啊。」

「那是因為之前學校太封閉了。」連禦嗤之以鼻。

「對、對了，會長還沒有來嗎？」潘佳芯問。

妍星正在處理結算的事，聽見這句話，雖然沒抬頭，可手邊的動作也頓了一下。自從那天和惠婕見面後，安諾少回來什麼也沒說，表現得一如往常。妍星也不好問他，但總歸是更注意他的一舉一動。

連禦發現她的不對勁，不耐煩地繼續手上工作。

「喂！連禦，你把桌子割出一道痕跡啦！」

「再買不就好了。」

「……之前說討厭有錢人的你，也會說出這種話啊。」

連禦沒說話，把桌上東西收一收，就走去走廊洗手。潘佳芯看著他的背影，囁嚅問：「連禦同學他是不是心情不好？」

施螢螢聳肩，「誰知道呢，我看妍星也差不多。」

「咦？」

兩個女生望著坐在辦公桌前的妍星，雖然處理事情依舊麻利，但眉間皺得很緊，分明有心事。

唉，風雨欲來啊。

妍星沒聽見她們碎嘴，不過，在出辦公室時被靠在門外的連禦叫住。她愣了一下，一開始還以為是安諾少，但轉頭只見到一張天寒地凍的臉。

「沒看到預想中的人，這反應也太明顯了吧？」

妍星再次沉默。怎麼最近這傢伙說話跟她一樣毒？而且，她還真反駁不了。

「我中午有聽見安諾少講電話，好像是爸媽來找他。」

她愣了下，「你幹嘛跟我說？」

「還不是妳又一臉機掰。」他抓了抓頭髮，妍星注意到他手上的手鍊。果真還戴著，也不知道有什麼特殊意義。

他又說：「反正，那也不是重點。」

「什麼意思？」

「那傢伙說他有喜歡的人了。」

「啊？」她還是不懂。

連禦這回真不耐煩了，「天台上，我聽見安諾少說的話。剩下的自己想。」

說完，他就丟下妍星，自顧自地走了。這天，妍星一句話也沒跟安諾少說。

可就這一句，旁人聽來的話……

讓她彷彿聽見了他任性卻執著的動人嗓音。

潘佳芯：回家前，我聽見連禦同學在走廊上「我幹嘛幫他們啊」地喃喃自語。發、發生什麼事了嗎？

05

安諾少在晚餐後回到了男生宿舍，打開手機，收到幾張由施螢螢傳到群組的照片。都是校慶的合照，其中有一張，還是他逼著李妍星跟他拍的。但她不怎麼願意，似乎沒有私下拍照的習慣。

於是，他趁她不注意的時候按下快門——他望著鏡頭笑得燦爛，李妍星卻一臉想殺人的樣子。

不過，不減她的美貌。

他忍不住笑了出聲，卻沒有平時那麼明朗。

「傳上去好了。」

他自言自語，不熟悉地用著老舊的手機，把那張照片傳到社群網站。

安諾少

5月28日　下午09：21

她說她不喜歡拍照。

真可惜啊！

沒多久，他就收到一堆留言。

安諾少

5月28日　下午09：21

她說她不喜歡拍照。

真可惜啊！

連禦及其他21人已按讚。

施螢螢：都說了不愛拍照你還傳，等一下被副會長打。
潘佳芯：妍星好美喔！

他撐著下巴，沒打算回留言。他滑著動態，滑了兩分鐘，才終於出現「對的人」。

李妍星：會長，你帳好像還沒算？

他彷彿能聽見那把溫柔卻驚悚的嗓音，正在說：「我等一下跟你算帳。」
看了兩秒，他就笑了。
這女孩總是能讓他高興，不由自主。
安諾少拿起手機，想回她留言，但在這時，突來的電話打斷了他。他一見是媽媽，便慢慢接起。
「喂，媽？」
「我們上車了，晚點到家再告訴你。」
「好，路上小心。」
「對了，你和李妍星那孩子相處得怎麼樣？」
面對她的探問，他沒說太多：「不錯啊，是一個很棒的副會長。」
「我們也聽說她是一個很優秀的孩子。啊，好像是鞋業大亨的獨生女？」
「我沒問那麼多，不過，能上這所高中的人都多少有點背景吧。」
媽媽輕笑，「是啊，像我們這樣的家庭一定很少。」

安諾少沒說話，停了幾秒，才笑著回應：「媽，妳不是會暈車嗎？先休息吧，我也要去洗澡了。」

「嗯，好吧，先這樣。」

他安靜地掛了電話，再度撐住下巴，盯著手機上不斷新增的讚數通知。李妍星，果然很耀眼、很受歡迎啊。

如果是他的照片，根本不會有那麼多人理他。他清楚自己長得不差，但家世這種東西，在他目前的交友圈中還是很重要。

當初說了這麼多大話，現在的學校……又被他改變了多少呢？

他逐漸出神，慢慢放下了手機。望著變黑的螢幕，想起她自信高傲的臉。

「李妍星，我……」

夠資格嗎？

忽然，一片漆黑的螢幕又再度亮起。他看了下，是李妍星的訊息。

母夜叉星星：今天為什麼沒來學生會？

諾：我找我爸媽，忘了跟妳說，哈！

母夜叉星星：哼，有人不是說以後什麼事都要跟我講？

諾：啊，抱歉啦，我真的忘了。

諾：以後不會了，原諒我吧。

母夜叉星星：隨便啦，我開玩笑的。

母夜叉星星：對了，校長今天說想要慶功，請我們大家吃飯。

母夜叉星星：你明天晚上有空？

諾：有啊，我這種悠閒的傢伙怎麼會沒空。

母夜叉星星：你也知道？跑步練到哪去了，最近都沒有比賽？

諾：之後有啦。別提比賽了，先讓我好好吃一頓。

諾：明天見啊，母夜叉小姐。

母夜叉星星：我看你是活膩了。

安諾少噗哧一笑，心滿意足地關上了手機。只不過，當他再度望住變暗的螢幕，卻彷彿見到了一片夜空。

那片夜空，有一顆遙不可及的星星，灼傷了想念的每分每秒。

安諾少：原來，我並不希望妳耀眼。這樣的我，自私透頂。

章六　遙遠的光

01

就算當上會長，有些人的腦子果然永遠不會變。

妍星手中拿著安諾少的期末考成績單，差點沒吐血。是啦，體育還是最高分，但其他科那是怎樣？

「別那麼嚴格嘛，明天就要放暑假了，妳消消氣。」安諾少不知天高地厚地晃到她面前。

「放暑假跟消氣有什麼關係？」她怒，「而且，我哪有生氣？」

「明明就有。」

施螢螢涼涼地說：「妍星只是看不慣她的朋友這麼笨啦。」

「施螢螢，妳只有健康教育八十分以上，還敢說？」

「……好，我閉嘴。」

「為什麼健康教育最高分……」連禦一臉嫌惡，倒是真相了。

不過，潘佳芯看起來有點沮喪，「唉，這次沒考好，糟糕了。」

「不會啊，妳平均還是很高，國文科也有九十分。」妍星疑惑地問：「難道妳家人要妳考滿分嗎？」

「不、不是，我爸媽不管我成績，但我就是覺得不夠好……」她嚶嚶地說。

「唉，你們這些蠢蛋，有佳芯的一半羞恥心就好了。」妍星回頭，一記眼刀飛向安諾少和施螢螢。

兩人鳥獸散，一臉我是誰我在哪。

顯然，他們沒有羞恥心，即使把成績考成這樣，也歡歡樂樂地進入暑假了。

整個暑假，妍星都在忙著精進自己，各類才藝課沒少過，甚至頻頻陪爸媽出席一些商業聚會。對她來說，暑假是最忙的時候，還不如平時上課比較輕鬆。

不過，即使再忙，她還是會抽空看看訊息，看那傢伙有沒有找她。

可鄉下人似乎是真的活膩了，不只沒找她，連訊息也不回。

「靠，暑假就消失是怎樣？難道他……」就一點也沒有想起她？

妍星就這樣悶了兩個月，終於，在開學前兩天收到他的回覆。

鄉下人：嗨！李妍星還活著嗎？

妍星：靠，這句話是我要說才對。

鄉下人：抱歉啦，我家住深山，手機也沒有網路，好不容易下山才在便利商店找到網路。妳不會生氣吧？

鄉下人：不對，妳應該已經生氣了。

那當然要氣啊。為什麼放暑假前不跟她說？

明明知道會失聯兩個月，還若無其事一樣……

妍星：我不想理你了。

她難得任性，卻沒有在第一時間收到回覆。她不知道安諾少在思考什麼，也不知道此刻，他看著她半撒嬌的訊息，會是什麼心情。

不知怎地，她把手機扔到床上，不想看他的回覆。

原來啊，她也有鴕鳥的一天。

開學後，學生會又如火如荼地籌辦民歌比賽。奇怪的是，連禦這次特別投入，連海報都做得特別認真。

大家本來以為是他的強迫症又犯了，直到民歌比賽當天，才獲得解答。

「哇靠，連禦居然報名民歌比賽？那傢伙連講話都懶，能唱歌嗎？」

聽見施螢螢喊得驚天動地，妍星把目光往台上瞥，連禦果然揹著吉他上去二樓了。

「那一定得聽一下了。」安諾少找了張椅子就坐下。

潘佳芯想起報名的名單，「他好像是最後一組……」

「居然還會彈吉他，他真是多才多藝。」妍星的這句話出自真心。

安諾少瞥了她一眼，認同地點點頭。

見大家都就座，還特地把安諾少旁邊的位子留給她，她故作鎮定地在他身旁坐下。安諾少沒有看她，但彼此都安靜著，空氣中圍繞一種互相理解，卻又懷抱期待的微妙氛圍。

終於，在兩小時後，連禦上場比賽了。

不過，連禦顯然不是很喜歡人群，走到台上的時候還僵了一下。妍星發現他的不對勁，在他變成僵硬石柱的那一刻，優雅地給了響亮的掌聲。

其他人看是她，也紛紛跟著拍手。安諾少勾起了嘴角，心頭一陣柔軟。

連禦坐在表演台上，十分專業地架起吉他。在眾人殷切注視下，緩緩開口。

那的確是他的嗓音。平時惡聲惡氣，此刻卻帶有低幽的綿延。他們這才知道，他也有溫柔的一面，或許，只擺在自己喜歡的人事物上。

安諾少聽得入迷，正想轉頭告訴妍星，她卻比他更專注在連禦的表演中，朱唇輕勾，目光沉浸。他愣了愣，一時無法開口。

妍星注意到他的視線，不經意地回眸一笑。

「……真有魅力啊，連禦這傢伙。」

而她難得坦率的稱讚，砸進他的心海。濺起的波浪，讓他並不好受。

他收回想講的話，平靜地將目光移到連禦身上。

說過了，他並不希望她太耀眼。不想要她太溫柔，最好能一直是母夜叉，生人勿近。

那樣……他才不會想起，他其實配不上她的事實。

不過，他不也正是被她的耀眼所吸引的嗎？一面希望她好，一面又渴望只有自己看見……他什麼時候變得這麼窩囊了？

「咦？會長不看表演了嗎？」

妍星看得正專心，被施螢螢一句話喚醒。她抬眼，見到安諾少一聲不吭，默默地離開座位，往禮堂外走。

她想了想，又看一眼台上的連禦，悄悄地起了身。

「幫我跟連禦說聲唱得好。」她挨近施螢螢，「……我去去就回。」

連禦：他們搞失蹤也不是第一次了，但每次都空手而回，才教人心煩。

02

安諾少才走出禮堂沒幾步，就發現李妍星跟了出來。他抿起淡淡的笑意，形容不出現在是什麼心情。面對她，什麼神仙妙藥都失效。厚臉皮如他，也有不知所措的時候。

「妳不看表演了啊？」他刻意勾起嘴角，回頭對她笑。

「這句話是我要問的才對。」妍星加快腳步，來到他跟前。「你就這樣走，連禦會哭吧。」

「哭？才不會，他比較想要妳聽他唱歌吧。」

妍星愣了下，分不清他話中是否有含義。但她懶得猜，就說：「為什麼這樣講？」

安諾少回得緩慢，「嗯……因為妳是女生啊。」

避重就輕的回答。妍星不是很坦率的人，但她看見安諾少是這個樣子，忽然煩躁得想一把扯開他們之間的結。

「你不高興吧？」

她優雅的嗓音，讓他停下了漫無目的的步伐。他把手靠在女兒牆上，本想輕鬆回話，但發現自己做不到。

「能有什麼不高興。」話雖如此，但語氣暗沉。

妍星不好接話，靠近了一步，端看他的側臉。他的面孔塗上一層薄冰，不像故意冷淡，彷彿是對什麼有所領悟。

「不說就算了，不過，那天，」妍星別開臉，佯裝輕鬆，「你和學姐……」

安諾少轉頭看她。

妍星從餘光感覺到他的視線，嗓音變緊，「我意思是，她來找你是……」

「嗯，我跟她說，我有喜歡的人了。」他說。

妍星愣了愣，訝異看他，沒料到他會直接坦白。而安諾少盯著她驚愕的樣子，不知怎地，一絲甜意流入內心。

可這甜中帶苦，難以訴說。

她望住他的雙眸，那不可能是玩笑。她已經從連禦口中聽見，但此刻，卻像第一次聽。

他明明離她不算近。

可她，像是被那句話擁抱了一樣。

「你、你喜歡的人……」她還沒想清楚，支支吾吾，「咳，我是說……」

安諾少看她難得犯傻，忍不住彎起嘴角。可他還想看更多，語氣變得溫柔堅定。

「妳想問我是誰？」

「我才沒有想問！」她下意識反駁，但又發現自己太激動，於是別開了視線。

安諾少又笑了。他也收回目光，直視前方。

妍星不說話，有點懊悔。

她是不是該問呢？可萬一，那人不是她……

那、那他就是超級大渣男！無庸置疑！

她還在跟內心打架，而安諾少半句話也不吭，兩人就這樣站在牆邊，安靜地望著對面大樓。

直到風捎來一陣輕撫，和她的長髮鬧著玩。她撥開髮絲，望向安諾少，這才發現要看清他的臉，需要費點力。

她可能……得花一些力氣才能更靠近。

「你喜歡的人……多高啊？」她忽然問。

安諾少愣了一下，看向她，和自己的差距。那雙清澈的眸子，正難為情地望著他。

他被感染了，臉竄得緋紅。

「我、我怎麼知道，又沒問過她身高。」

「可以目測啊。」沒想到，她堅持要問。

他刻意別開眼，不讓她發現自己正在打量她的身形。但妍星又靠近了他一步，目光執著。

「我不知道……」他搔搔頭，「反正，比我矮吧。」

那傢伙是在說廢話嗎？妍星輕哼一聲，有點悶。

「算了，我回去了。」

她這麼乾脆，也在他意料之外。他有點後悔，回頭就看見她往禮堂走的背影。

周遭響起了鐘聲，民歌比賽似乎結束了。也對，連禦本來就是最後一組……

不對，他還在想什麼亂七八糟的東西？

安諾少焦急地跟上去，卻沒有跟得太緊。妍星還在走，禮堂也陸續有人走出來。比賽結束了，可他們之間……

忽然，妍星停下腳步，輕輕地側過臉。

那雙眸美麗依舊，但又悶又傲。

安諾少喜歡她笑。可說真的，他最喜歡的還是她這個表情。倔強高傲、耀眼迷人——

「李妍星！」他朝她大喊。

妍星似乎嚇了一跳。路人都聽見他的嗓音，紛紛好奇地停了下來。

安諾少就那樣盯著她的眼睛，溫柔帶笑：

「……妳身高多高啊？」

而她緩緩張大雙眼，那藏在心裡的星，一顆顆在漆黑的眸色中淡淡點亮。

施螢螢：一走出禮堂，就看見那兩人臉紅僵在原地，活跟化石一樣。不，化石也沒這麼萌。

03

連禦不負眾望得到了第二名。

可這在校刊上還不算頭條。真正的大頭條是，正副會長那段剪不斷又扯不開的極致曖昧關係！

「喂，妍星妳上校刊了耶。」施螢螢賊頭賊腦地說。

妍星看都不看那垃圾紙一眼，逕自做自己的事。安諾少倒是好奇，走過來一看，本來要唸出來，但發現大事不妙。

施螢螢把校刊搶回來，大聲朗讀：「學生會秘戀？正副會長愛相隨，校園天台儼然已成私會地……哇啊！」

眾人回頭看，施螢螢已成地上的一坨泥。

「先、先不說這個，這種報導，校長看了沒問題嗎？」潘佳芯擔心地問。

「哼，她絕對懶得看這種東西。」連禦撿起掉在地上的校刊，「而且，安諾少這幾次主辦的活動都有不錯成績，學生評價好，還拉近了兩派之間的距離。很多人都說是李妍星那傢伙影響他的，現在搞出這種新聞，根本樂見其成吧。」

「哇，連僳難得說這麼多話，還都很有道理耶。」

不算陌生的聲音響起，眾人往窗外看，只見前任會長韓方辰靠在窗邊，笑臉迎人。

「學長！你來了啊？」見到帥哥，施螢螢馬上復活。

「嗯，想說久違來看看情況，但你們好像不需要我擔心，真是太好了。」他笑了笑，「啊，妍星，最近放學的讀書會，有些同學好像希望妳能出現，要不要考慮看看？」

「嗯？教功課嗎？」她差點忘了，之前在拉票時被安諾少陰的事。

韓方辰也是被銑康的其中一個，聽說他好像認命地去參加了幾次。

「對啊，不過我知道妳很忙，有空再來吧。」

「好吧，我再看看。」

安諾少知道是自己惹出來的禍，他小心翼翼地靠近妍星，陪笑說：「不然我陪妳去吧？」

妍星瞪他一眼，「你去哪有用？是要在教室教他們伏地挺身嗎？」

「也、也是啦……」他灰頭土臉，「但，我可以在那裡陪妳啊。」

他不經意的一句話，讓妍星愣了一下。抬眼，韓方辰正曖昧地望著他們。

「……隨便你啦。」她轉身去塑膠櫃裡拿資料，但只有安諾少知道她耳朵紅了。

他吸了一把甜膩空氣，笑了笑，轉身就把看戲的眾人打發掉。

原以為日子正好，是談戀愛的好時機，但在這時，一件突如其來的意外打亂了他們的生活——

兩天後的週末，一場不小的地震震壞了他們宿舍。雖說無人受傷，但出入口的部分結構有損壞，校方為顧慮學生安全，將住宿生全部趕回家，等結構補強後再重新收人。話是這麼說，但大家都知道沒這麼快。已經高二的學生會眾人，有些可能直到畢業都沒宿舍可以待了。

校長還算大方，把剩下的住宿費用當作補償金，退回之外，還多發一倍給住宿學生找房子。施螢螢家裡本就有錢，她也只是感嘆沒有鮮肉可以看，就包袱款款回她家豪宅住了。

連禦家裡算小康，住家也離學校不遠，抱怨幾句就把行李搬回家安頓好。而李妍星和潘佳芯本來就住家裡，這件事不會影響到她們。

就只剩下安諾少……

「喂，你之後要住哪裡？」見安諾少在辦公桌前待著，妍星便走過去問。

安諾少愣了一下，抬頭笑：「學校附近隨便找地方住吧！」

「喔，找好了嗎？」

「還在找。」他看了一下筆電螢幕。

妍星繞到他後方，看看畫面，但那不是租屋網，而是……人力銀行？

安諾少忽然把筆電闔上，神色怪異。妍星抬眼看他，那張近在眼前的臉，似乎藏了什麼心事。

學生會裡沒人，她安靜下來，分明的眉眼盯著他。他本就在意她，這下更無措了。

某些時候，李妍星似乎不知道什麼是害羞。

但某些時候，她又難為情得可愛。

而現在，是他招架不住了。

「幹嘛一直看我？」他別開眼，「……是因為這裡沒人嗎？」

「唔？」她愣一下，好像懂他。於是，她在他肩上巴一掌。「少開玩笑！你啊，學生會長有時間打工嗎？還要練比賽吧！」

他疼得摸了摸肩，語氣無奈，「總有辦法可以兼顧吧，我會努力看看。」

「……」

安諾少見她沒接話，正想轉移話題，妍星卻一掌拍上桌子，那力道之大，讓他以為拍在身上會死。

「住我家吧。」她凶狠地說。

安諾少斷定她有精神分裂。怎麼能用這麼凶狠的語氣，說出這種溫柔的話？

他還在發愣，妍星再度開口：「不收你租金，但你得好好給我練跑步，也要把學生會長的工作做好。可以吧？不對，我不是在問你。」

安諾少回過神來，那雙美目果然望著他，極度認真。他的心軟成一片，可視線，卻黯淡了下來。

「嗯……謝謝妳。」

「幹嘛說這麼肉麻的話？總之，收好東西，明天搬來……哇啊！」

她被塞進他的懷抱，呼吸一瞬間堵住。安諾少輕輕地抱著她，力道不大，仔仔細細，像在呵護她。

而他抬眼望了下空無一人的學生會，這裡，有她真好。

「你……是想被我揍嗎……」

她一下子紅了臉，動也不動。

「……沒啊，不過，那也挺好的。」

潘佳芯：我、我不敢進去辦公室，怎麼辦？

04

安諾少這輩子沒住過豪宅，連見都沒見過。

別說豪宅了，這輛來學校接他的車……真是嚇死人了。

「上車。」李妍星回頭，俐落地說。

然後，李妍星……真是帥爆了。

安諾少的行李沒幾件，衣櫃裡更是一律白T，有少有多都不曉得。不過他天生命硬，把他放泥巴裡應該都能活。

看著他那東張西望的背影，妍星這麼想。

司機德叔先開門讓她下車，之後才是安諾少。他一下車，就撞見豪華宅邸，門口還有兩三位穿西裝的年輕男人，讓他嘖嘖稱奇。

妍星沒多說什麼，便帶他進大門。經過一小段前院的路，德叔向他介紹周邊環境，而他似懂非懂，聽沒幾句就盯著她看。她忍不住笑了，撇去學生會長身分，他果然還是個傻蛋大男孩。

「今天我爸媽剛好在，應該在屋裡等了。」

「咦？」安諾少緊張起來，「他們同意我暫時住這嗎？」

雖說是暫時，可起碼也有一年吧。安諾少其實很掙扎，好像不該在這裡打擾這麼久。但李妍星堅持，他用上雙手雙腳應該都打不贏她。

「廢話，不然我隨便帶人回來行嗎？」

「妳是全能的李妍星啊。」

「噗，我也是我爸媽的女兒啊。」她失笑，「不說了。」

他還想說，但大門已開。妍星領他進去，不久便來到客廳，找到李家父母。

不愧是她的父母，一樣有年紀，就是長得特別好看。安諾少腦子糊成一片，正想朝氣蓬勃地打招呼，誰知李媽媽先開了口。

「巴啦巴啦巴啦巴啦巴啦！」

「咦？」安諾少傻住。

李爸爸露出客氣的笑容，也跟著說：「巴啦巴啦！巴啦。」

「啊？」他持續傻。

見安諾少沒反應，李家父母困惑地轉向妍星。而安諾少一臉癡呆，求助似地張嘴看她。

「唉！」妍星嘆了口大氣，「爸、媽……你們別講英文，他聽不懂。」

啊，原來是英文。

英文啊……等等，李妍星在家都說英文？

安諾少的嘴張得更大，妍星看不下去，一把拽住他的手。「好了，快打招呼。」

「伯父、伯母好，我是安諾少……」

他深吸口氣，說了一串事先背好的問候。原以為李家父母會很嚴肅，沒想到他們爽朗地笑了起來。

「沒事，別這麼客氣！剛才抱歉了，多虧奧蘿拉提醒。」

「奧蘿拉？」

妍星在他耳邊說，「……咳，我的英文名字。」

「哇，你們在家真的都說英文啊？嚇死我了，還以為你家都外星人。」他小聲說。

「嗯。」她用手肘撞了一下安諾少，順道說：「爸、媽，我先帶他去房間，你們等一下有事吧？我請德叔幫忙就好。」

李家父母的確有聚會，兩人互看一眼，又跟安諾少寒暄幾句，才離開客廳。安諾少似乎鬆了一口氣，擦掉額上的汗，還被妍星笑了一波。

「看你這麼緊張，有必要嗎？」

「當然啊，見父母是大事……啊好痛！」

妍星臉紅罵人，「講什麼鬼話啊你，跟我過來。」

安諾少調皮吐舌，蹦蹦跳跳地跟在妍星後面。當然，等他看見自己暫住的房間，那又是另一個次元的事了。

隔天早上，李家的車停在校門口，妍星照常下車，而安諾少彷彿在作夢，等她催促才匆匆下車。

經過昨天的「富豪」洗禮，他是有點習慣了，不過，從妍星家的車下來，還是太招搖了一點。如同現在，有很多學生正驚訝地談論他們。他不意外，但妍星一點也不在意別人眼光，才讓他驚訝。

她明明是容易難為情的人。

「怎樣？」她注意到他的視線。

他愣一下，看她狐疑的表情，好一會兒才說沒事。妍星半信半疑，但還要上課，就沒多問。

安諾少還跟著她走，想一想，才發現自己的心事——真正在意別人目光的，是他才對。過去，他對惠婕學姐百般不認同，而現在，是他遇上了。

遇上了，才明白這有多不容易。

他悄悄嘆口氣，絲毫沒發現有個人站在他身後，皮肉不笑。

這幾天，妍星和安諾少同進同出，借住在她家的事，其他人也都知道了。除了施螢螢多嘴虧了幾句外，並沒有人多說什麼。

事實上，也沒有人能說什麼。就除了……某幾位總愛碎嘴的人之外。

那天放學，妍星先去廁所，安諾少就站在走廊上等她。沒多久，幾個人迎面而來，聊天嬉鬧之餘，還撞了他的肩膀一下。

他吃痛轉身，正巧對上楊仁浩鄙視的目光。啊，他差點忘了還有這號人物——那個落選的傢伙。

「哇，是會長耶，你該不會在等李妍星吧？」他輕浮地問。

安諾少原本不想理他，但想想也沒什麼，就說：「是啊。」

「靠，你也真是厚臉皮，搭上有錢人也不低調一點。」他靠近安諾少，一臉嫌惡，「這幾天你還搭她家的車吧？怎麼，是同居了嗎？我一開始就說了，你就是為了想勾搭有錢人，還死不承認。」

「對啊，還找上李妍星……她也不知道哪根筋不對，沒把他趕跑。」

「喔，他還拒絕了惠婕耶！果然有了更有錢的就忘了舊人。」

那群人你一言我一句，沒說多久就放聲大笑。安諾少一臉平靜，靠在走廊邊等人，對辱罵一點興趣也沒有。

看他毫無反應，楊仁浩反倒不爽了。他推了安諾少一把，惡聲道：「你說話啊，是不是啞巴？學生會長能選上還不是靠李妍星……啊，你該不會已經上了她的床吧？」

「……你說什麼？」安諾少冷冷地看過來。

見他又像上次一樣變臉，楊仁浩愣了一下，雖然沒收回氣焰，但語氣也收斂了一點。

「總、總之，別以為你搭上李家，就可以谷底翻身。窮小孩依舊是窮小孩，會運動也沒什麼，根本是個野孩子。你配得上人家嗎？自己好好想想吧！」

安諾少原本打算還以顏色，但聽見這句話後，緊握著拳頭安靜下來。楊仁浩以為他會發飆，可他乖得跟隻貓一樣，立馬囂張了。

「哈！看你的表情，好像也不是那麼沒自覺嘛！還算有救囉。」他拍了拍安諾少的肩，「聽我的，離不屬於你的人遠一點。當然，要是你缺錢，真的可以來我家打工喔。我會算你多一點薪水，哈哈！」

「該滾遠一點的人是你。」忽然，李妍星嚴厲的嗓音越過了他們之間。

安諾少抬眼，高傲的女孩迎面而來，迅速地拉住他的手，將他往後拽退一步。楊仁浩還在發愣，妍星已經不爽開炮：

「你是不是真的很閒？也對，沒選上會長，整天無所事事，除了浪費地球的空氣，也只能在這裡刷刷存在感了。怎麼樣？新任學生會長的樣子好看嗎？像不像讓你輸到脫褲的那個人？」

「李、李妍星……」楊仁浩一向說不過她，只能陪笑：「別這麼氣啊，我只是跟他開個玩笑。」

「玩笑？你的存在才是個玩笑。」她橫眉一豎，語調極沉：「再讓我看到你，就別怪我以後都對你不客氣。我是不能怎樣，但你來一次我就罵一次，要討罵的話，就請便！」

「哈，就說了別這麼氣，我走就是了。妍星妳別誤會啊，我說話一直都是為妳好的。」

「閉嘴，少那樣叫我。」

見她真的動怒，楊仁浩也有點不高興，抓著那群人就走了。而安諾少再度一聲不吭，表情還有些怪異。

妍星望著他，伸手拍了一下，「喂，安諾少……」

「李妍星，今天妳先回去吧，我晚點搭計程車。」

「咦？」

她似乎沒聽清，但望著那張沉靜的臉，她意識到自己一直以來都忽略了一些事。

待在她的身邊……

有些人，並不能視作理所當然。

安諾少：妳太耀眼了。在妳身邊，連一點光都看不見。

05

後來妍星沒讓他自己回去。不過，在車上時一路靜默，她也不曉得他在想什麼。

楊仁浩和安諾少的那段對話，她其實沒全部聽見。大概只知道那垃圾一直窮小子、窮小子地講，她聽了不爽，就衝上去罵人了。

說到底，她沒問過安諾少家裡的狀況，不過既然是體育技優生，想必也是靠補助金才能負擔學費的。更何況，要是她沒讓他住家裡，安諾少似乎就要去打工了。

以這個學校的學生來說，需要打工的根本沒幾位吧。

妍星撐著下巴，靜靜望著窗外景色。也十二月了，再沒多久就要放寒假。

他說他住深山……那她，是不是又要有一個月沒他消息了？

她不著痕跡地嘆了口氣。

那天之後，安諾少的表現一如往常，她沒從他的表情上看出什麼，也沒聽其他人說他有哪裡不對勁。她想，這傢伙是真的很會藏心情，讓她連要不要探問都拿捏不定。

而且，要是家裡真有狀況……那好像也不是她能過問的。

她一直都處於社會頂端，一般人的處境的確令她難以設想。不過，像安諾少那麼樂天的人，會有過不去的時候嗎？

她望著他忙碌的背影，緩緩出神。

當天傍晚，妍星抽了空去高一的直屬班幫忙補習，也請德叔先載安諾少回去。雖說安諾少有說過可以陪她，但他最近在練田徑，她覺得他還是早點回家休息比較好。

兩個多小時過去，當她終於幫學妹複習到一個段落時，意想不到的人出現了。

「啊，妳果然在這裡。」

她一下子就認出那把討厭的嗓音，連頭都沒抬，「楊仁浩，你有什麼事嗎？」

「哎，妳以前還會叫我學長耶，現在也太生疏了吧？」他走進學弟妹的教室，油膩地晃到她身邊。

「叫你學長是尊重，現在我看來沒那個必要。」她放下筆，「所以，你到底有什麼事？」

「哈哈，也沒什麼大事，只是我最近有聽見一些傳聞，想過來確認一下。」他知道妍星不想聽，就沒等她反應，直接說：「聽說啊，妳跟安諾少在談戀愛？」

她愣了一下，怒道：「關你什麼事？」

「別急著生氣啊。如果是真的，那我勸妳還是不要。我知道妳認為我討厭他，所以滿口胡話。可是啊，我聽惠婕說過他國中的事。」他一臉誠懇，「聽說，他國中和很多同學借了錢，都沒有還。妳可別想說那是小數目喔！他可是專挑有錢的同學下手，還不知道用了什麼方法說服那些人的爸媽，拿錢回家抵債。」

「你少屁話了，他又不是有錢人，怎麼可能認識那麼多有錢的同學。」

「這就是重點所在啊！妳知道他國中讀的也是貴族學校嗎？有錢人可是隨便抓就一大把。妳想啊，他明明家裡沒錢，為什麼要讀貴族學校？就連現在，也靠體育加分拼命擠進我們這裡，用那一點微薄的補助金在強撐！出了我們學校，充其量也只是多個『貴族』頭銜，他的強項在體育，又不像妳那些聰明朋友，會比較好找工作嗎？別跟我說妳不知道大家畢業後也大多都回去繼承家業，根本沒幾個會出去工作。也就是說，擠進我們學校，對他的未來也沒多少幫助。」

她已經不耐煩了，「你到底想說什麼？」

「我的意思是，安諾少進貴族學校，只是為了搭上有錢人。這件事我早就說過了，妳就是不信。」

「你要是想繼續屁話，那就滾出去。」她冷冷地說。

「唉！妳為什麼就是不相信？」

他說得口沫橫飛，但顯然妍星一個字都不想聽。她站起身，跟學妹打了聲招呼，就拿起手機打給德叔。

「喂，德叔，我現在要回去了。」

電話那端傳來敦厚的嗓音：「好，我這就去接你們。」

你們？妍星愣了一下，「嗯？安諾少不是已經回去了嗎？」

「沒啊，他說他有急事要去找小姐，大概兩小時前吧……他沒在妳旁邊嗎？」

「呃，我打電話給他看看。」

妍星掛了電話，馬上打給安諾少，卻轉進語音信箱。正當她還在疑惑，楊仁浩涼涼地開了口：

「他搞失蹤嗎？哎，該不會是又去找哪個有錢的學妹了吧……」

她一把火上來，正想罵人，但她對上楊仁浩得意的目光，發覺有些不對勁。

「你幹嘛這時間還在學校？只是想過來跟我說這些屁話？」

他愣一下，才笑著說：「怎麼說是屁話？我好心建議耶。啊，妳該不會是懷疑我吧？我再怎麼討厭他，也不會對他怎樣啊。」

她諒他沒這個膽，瞪他一眼，便走出教室。

「奇怪，轉語音信箱……會是關機嗎？既然都跟德叔說有急事找我，不會故意搞失蹤吧。」

她從階梯下樓，無意間看見一樓有一群人在晃。現在宿舍沒開放了，讀書會也已經結束，社團活動更不是今天……這時間學校還有人，真的很怪。

她到了一樓，那群人還在廣場附近嬉鬧。她看一眼那些人，幾個特別眼熟，好像是楊仁浩的朋友。奇怪，總覺得……

她握緊雙拳，快步走向那些人。而那群人一見是她，每個都露出震驚表情。眼神閃躲，像在隱藏什麼。

「喂！你們有看見安諾少嗎？」她單刀直入。

其中一人馬上說：「怎、怎麼可能啊，他沒事在學校幹嘛？」

「那你們又在學校幹嘛？平常不是鐘聲響就恨不得回家嗎？」

「等楊仁浩啊！他說有事要辦，要我們等他。」

她狐疑地望著他們，別說態度有鬼了，楊仁浩哪有什麼事要辦？難道找她碎嘴，也算大事嗎？

她思考一會兒，便說：「好吧，那我走了。」

「喔、喔，掰掰。」

那群人沒料到她會那麼乾脆，還面面相覷。但她已經轉身離開，走出他們的視線之後，又不著痕跡地回了頭。

妍星抱胸，冷淡地站在女兒牆前盯著那些人。他們聚在一起，似乎有點緊張地在討論什麼。沒多久，就有一人先行離隊，往校園深處走去。

她瞇眼一看——那是宿舍的方向。

不對啊，宿舍在施工，安諾少怎麼可能在那？

說不清是什麼預感，她眉頭一皺，靜悄悄地跟了上去。

李妍星：我拿的是不是男主角的劇本啊？還得英雄救美……

章七　你身邊

01

那男人拿出鑰匙打開後門時，被一道漆黑的影子罩住。這月黑風高，四下無人的地方……讓他害怕地吞了吞口水。

「安、安諾少是你嗎？」

他緊張地喊，可回應他的卻是一把陰沉的女聲：

「為什麼會是安諾少？你把他怎麼了嗎？」

「哇啊！」

他嚇得彈起來，回頭一看，李妍星就站在草叢旁，面色難看。他知道大事不妙，連忙舉起雙手，支支吾吾地說：「哪、哪有怎麼了！安諾少被困在裡面，我只是拿鑰匙來幫忙他！」

「困在裡面？」妍星愣一下，語調嚴厲：「你們跟楊仁浩那傢伙，把他關在宿舍？」

「說、說關也太嚴重了……他才剛進去，我們只是小小惡作劇一下，本來就沒要鎖他多久。啊，門已經打開了，妳去看看！今天宿舍也沒施工，很安全的。」

「剛進去？他已經消失了三小時！」她被憤怒包圍，經過他身邊時還狠狠瞪他一眼，「我去找他，要是他有什麼事……你們一個都逃不掉！」

或許是她的嗓音太震怒，那人抖了幾下，沒多久就跑了。靠，他怎麼知道會被李妍星發現？楊仁浩跟他說只是惡作劇，宿舍裡也沒有倒塌，保證不會有什麼事的啊！可是，他怎麼覺得要完蛋了？

妍星當然沒時間理他的小劇場，推開後門，就急忙忙地衝進去。

走廊一片漆黑，她嘗試開燈，可有幾盞壞了。雖說被地震破壞，但其實不怎麼明顯，至少她沒看見周遭有損壞的地方。她想起校長說過，宿舍內沒有倒塌，但有幾面牆出現龜裂的狀況，所以校方才決定封鎖起來，打算仔細檢查。

而楊仁浩把安諾少關在這裡，就算只是惡作劇，也真的是活膩了。他們怎麼能保證宿舍一定安全？想到這裡，她加快腳步尋找他，途中還一面喊他的名字。

「手機沒有訊號……那傢伙該不會在地下室吧？」

她佩服自己冰雪聰明，一邊往樓梯的方向走。不過，他沒事跑到地下室幹嘛？而且，在一樓的時候應該可以打電話求助吧？

該不會……遇到什麼危險了？

她的心一凜，不自覺地加快腳步。在通往漆黑地下室的路途中，她只想著要見到他，卻絲毫沒注意腳下。

忽然，她踩到隨意擺放在樓梯上的木板，一個不小心滑了下去！

「喂！」

她只聽到一聲呼喊，便被整個人抱在懷裡。

「安、安諾少？」她在黑暗中睜眼，只見一雙眸子瞧著她發亮。

「嗯，是我。」他不知怎地笑了，「果然是妳啊。」

「什麼果然是我？」她一把火上來，「你幹嘛躲在這，不打電話給我？知不知道我剛才一直在找你……」

「啊，抱歉，我也踩到跟妳一樣的東西，摔下來手機就壞了。」

她愣一下，「那，你怎麼不在一樓等？」

「……」他的聲音停頓了下，語調和緩：「嗯……腳好像有點扭到吧。」

腳？天啊，他還要比賽的！

「我看看！」

妍星低頭想看，但發現一片漆黑，什麼也確認不了。見她焦急的樣子，他在臉上拉起一道弧線。

「幸好是妳來了。」

「嗯？」她聽不懂。

「這麼悲慘的樣子，要是被我不喜歡的人看到……那該多沮喪啊。」

「唔。」她的心猛然跳了一下，怨怪道：「這種時候還在亂說話，討打啊你。」

「……才不是亂說話。」

他的語調比平時黯淡，妍星也聽出來了。她深吸口氣，問道：「那你還能走嗎？」

「是可以啦，但這邊有樓梯比較好坐，而且這扇窗看得見外面，所以我才在這裡等。」他指向樓梯間的氣窗。

「你在這多久了？」

「不知道，也沒時鐘啊。」

「應該說，你幾點過來這裡的？還有，你為什麼會在這？」

他思考了下，「放學沒多久就過來了吧。唉，也是我蠢啦，竟然相信那傢伙的話。」

「誰？」她有糟糕的預感。

「楊仁浩啊，還有誰。他說跟妳約在這裡，有什麼事情要告訴妳的樣子。我怕他亂來，就過來看看。才一來，外面就被大鎖鎖上了。」

聽見這話，她的心一酸，還有滿腔怒火。既心疼他，又想把那個姓楊的宰了。

「他現在害你受傷，我絕對跟他沒完。」她怒道：「走吧，我扶你回去，德叔等一下就會來接我們了。」

「等等。」

安諾少又抱緊了她。她才意識到，自己一直被他抱著。她臉一紅，抬眼只見那雙眸。雖然看不清他的臉，但她知道，他正用什麼表情凝視她。

「幹嘛？這裡很暗耶……」她胡亂扯話題。

「很暗才好啊，妳不是星星嗎？」

她愣一下，被他無厘頭的話逗笑，「在講什麼啊？」

「靠得太近，就會睜不開眼。」他繼續說。

妍星沒說話，彷彿能聽懂他話中的含義。可她不敢確定，只能待在他懷中，靜靜地聽。

「我最近啊，常在思考楊仁浩說的話。我知道他不是好人，嘴巴也沒營養，可是，有些事他好像說對了。」

他輕輕抓住她的手，緩慢地按著她的指尖。而她，似乎能從這動作之中感覺到深深的不安。

還有，不能輕易說出口的佔有慾——

「原本，我以為自己身為會長，已經算是夠靠近妳的世界了。可是最近，包括我住進妳家裡時，才發現不是那麼一回事。我知道，我一直在表達人不應該有階級之分，也想用這個理念改變學校，但，一直到事情發生在自己身上，才了解這並不容易。」他輕輕地笑了一下，「妳知道嗎？我竟然開始吃連禦的醋。就因為他來自一般家庭，而不是像我這種……」

「像你這種是哪種？」妍星忍不住打斷他，「家裡經濟怎樣不是你能決定的，至少你靠獎學金讀高中，也沒欠誰。」

「我就欠妳了啊，還住在妳家。要是沒有妳，我可能連租金都付不出來。」

她一時語塞，而安諾少繼續說了下去：

「聽我說。我好像……有點替學姐慶幸。」

「慶幸什麼？」她開始不爽。

「當初她沒跟我在一起。」

聽到這裡，妍星真的火大了，「安諾少，你再給我提一次她，我就揍你。」

「……」他愣住。

「而且，她最後還不是回來追你了？你少在那邊給我否定一個人對你的心意。」

「心意？」

她呆一下，才氣急敗壞，「總、總之！你最近真的太負面了，我不喜歡！給我恢復成那個白癡安諾少，不然我就……就揍扁你！」

他是看不清她的臉，但她的「心意」，化成一股暖流進了他的心，再清楚不過。他深吸口氣，忽然感謝此刻的黑暗。

「喂，李妍星。」

「幹嘛？」她皺眉。

「我們等一下再出去好不好？我怕……」他目色溫柔，眉眼深情。可惜，她看不見。「等出了這裡，我就沒有勇氣了。」

妍星似懂非懂，還在發愣。但他珍惜了此刻的夜色，在黑暗中，他才能藏起他的不安，把想說的話，都說給她聽。

「我喜歡的人，她身高一六八，長得漂亮，聰明又驕傲。她一開始很嫌棄我，嫌我又笨又像個鄉下人，可是我啊……」

「可能在看見她的第一眼，就喜歡上她了。」

而他難為情的目光，還有動心的臉龐……她看不見，真是太好了。

安諾少：就算是我，也能對妳一見鍾情吧？

02

在那之後，妍星一五一十地把楊仁浩幹的好事呈報校長。安諾少是本校的田徑代表，也是有參加過大型比賽的選手，因此，害他受傷這件事非同小可。

楊仁浩被停學兩個月，剩下的，還得評估是否有其他處分。當然了，那些狐群狗黨也一起被處罰，沒一個能逃掉。

其實，妍星和安諾少都相信楊仁浩只是惡作劇，根本沒料到有人會受傷。不過，既然事實已經造成，讓他受到懲處也是應該的。

至少，他下次就不敢了吧……如果還有下次的話。

這陣子，安諾少就住在妍星家休養，而她照常上下課，不同的是，其他人幫忙負擔了她的學生會工作，好讓她一放學就能回去看看安諾少的伙食好不好。

本週六，學生會成員也都放下了手邊業務，一起來妍星家探望他——

「會長大人啊，你的腳是好了沒？」施螢螢浮誇地捧了一束花，晃進他暫住的豪華房間裡。

而安諾少雖然傷勢不算重，但還是被家裡的總管叮嚀要躺在床上。不然的話，妍星回來看到就慘了。

「好得差不多了啦！我超無聊，好想出去玩。」他在床上翹腳打遊戲。當然，是妍星家的遊戲機。

「玩屁啊，你至少也該給我複習一下期末考吧？」妍星瞪他。

連禦的鼻子哼了一聲，「妳怎麼會期待他有長進？」

她想想也對，正要多罵幾句，就聽見身後傳來奇怪的聲音。她轉頭，發現潘佳芯一臉緊張，嘴裡不知道在唸什麼。

「佳芯，妳在說什……」

「好、好貴！好多貴的東西！我、我不能撞到……救命……」

「……」她無言。

後來，妍星打發那些人到宅邸的別處玩，就一個人走進來叫他。

「安諾少，你要出來找大家嗎？我看你腳也快好了，應該可以下床。」

「本來就沒多嚴重啊，我還能自己洗澡呢。」他皮皮地笑。

「廢話！不然誰要幫你洗？」

「如果妳願……」

「閉、閉嘴！」她臉一紅，「快點啦，跟我出來。」

「等等。」他突然向她招手，「妳過來一下。」

「現在還真會使喚我了？」她白眼，但還是走了過去。

才剛靠近床，安諾少就拉了她一把，讓她半個身體卡在床上，與他四目交接。

「你、你幹嘛？」她的心臟縮了一下。

他知道她害羞，卻還是伸手碰了下她的臉。他眉眼淺笑，輕聲說：「為什麼……妳到現在還不說？」

「……說什麼？」

安諾少沒回答，可依舊瞧著她。那雙眸似笑非笑，她看著看著，就懂了。

是啊，他喜歡的人是她。

而他……是不是也想聽她那麼說？

她下意識握緊掌心，感受心跳的碰撞。明明想告訴他，胸腔卻不聽使喚。起起伏伏，炙熱難言。

「你……不是都知道了？」她細聲說。

「嗯。」

「那，我還要說嗎？」

他的嗓音變軟，卻很堅定，「嗯，要啊。」

明明他也有霸道的一面，看起來卻溫柔甜膩。她啊，真沒想過自己會栽在他手裡。

「你這傢伙……」她軟綿綿地瞪他。

「我怎樣？」

她深吸口氣，湊上前，輕輕吻了他的臉頰。他一愣，原本還有些小得意的目光染上了嫣紅的情意。

而她雙頰緋紅，都沒來得及說話，身後的門就被人敲了幾下。

妍星立馬從床上彈起來，拍了拍裙子，佯裝鎮定。安諾少也跟著起身，沒多久，站在門外的人就走了進來——

「諾少，你爸媽來看你囉！」德叔溫和地說。

施螢螢：不小心看到安諾少爸媽……那臉和身材，還真是完美遺傳啊。

03

向安諾少的爸媽打了招呼後，妍星就退出房間，也可以說是落荒而逃。雖然她沒讓安家父母發現她的異狀，但安諾少本人肯定知道。

畢竟嘛，她剛才可是在他臉上親了一下……

對連初吻都還沒給出去的她來說，根本是豁出去！

她的臉紅透，一邊摀臉一邊逃跑。

「小姐！小姐！」德叔在後面喊她。

「唔？」她停下腳步。

「妳上次訂的貨到了，我看外包裝……好像是手機？」德叔走近，把手上的紙箱遞給她。

「啊，我都忘了有這回事。」她喃喃。

德叔望著她緋紅的雙頰，還有心思不知道飄去哪裡的呆滯表情，興味地笑了笑，「是買給諾少的吧？」

她大驚，「德、德叔你怎麼知道？」

「小姐的手機才剛換沒多久，最近也沒什麼節日，所以我才想，應該是諾少發生意外時把手機弄壞，妳想送他一支新的吧？」他瞇起眼笑。

真不愧是觀察力超群的德叔啊，她故作鎮定：「是沒錯，我等一下要拿給他。」

「這樣啊，那小姐加油啊。」

「好……等等，加什麼油啊？」她拔高音量。

「送禮不都需要一點勇氣嗎？沒事，我就是說說，小姐別介意。」

她看他笑成這樣，怎可能不介意！

目送德叔的背影，妍星站在原地，覺得臉又更燙了。

在客廳和學生會眾人待了一會兒，妍星看了下時間，覺得差不多，就拿著那支新手機去找安諾少。

不過，安諾少會不會收下，她還真不知道。

雖然說，這筆錢之後應該也會由楊仁浩來賠，但妍星不打算拿回。對不喜歡佔人便宜的安諾少來說，的確是有可能拒絕她的。

不過啊，沒手機的話……她要怎麼在寒假聽見他的聲音？

他們家經濟不好，爸媽是不可能讓他買的。所以，她這個任性的舉動，安諾少應該能理解她吧？

她一邊忐忑，一邊靠近安諾少的房間。那扇門虛掩著，依稀能聽見房內傳來的交談聲。她本想敲門，但他們看起來還在聊，不知道會不會打擾呢……

「不過，諾少啊……當初我就叫你記住『李妍星』這個名字，你還真的做到了啊！」

聽見自己的名字，妍星愣了愣，原本舉在空中的手緩緩放下來。

「老婆，妳這麼有先見之明啊？但兒子他也是爭氣啦，追到富家千金，以後我們家日子好過了。」

「爸……」這時，妍星終於聽見安諾少的聲音。

她轉過身，背靠著牆，心中卻有一處慢慢地崩落。她知道……有些人難免勢利，但真沒想到，安諾少的爸媽也是這樣的人。

而且，「記住李妍星的名字」是什麼意思？

「怎麼了？難道，你沒有在跟李妍星交往嗎？都住進人家家裡了。」

「是啊，你們進展如何了？」

妍星屏息等待他的回答，沒想到，安諾少嘆了口氣。

「……那重要嗎？」他淡淡地說。

而她的雙眸斂了下來，握緊手中的禮物。房間內的人沒有發現她，繼續把她當成話題。

「重要啊！要是你跟她處得好，以後結婚了，我們不就——」

「媽，妳想得也太遠了吧？都還不知道能不能走到那種地步，而且……」

妍星一字一句地聽著他曾經溫柔的嗓音，暗自祈禱他的下一句也能是溫柔的。她希望他反駁他的父母，告訴等在門外的她……事情不是那樣。

可惜，他的父母並沒有等他把話說完。

「而且什麼？別忘了，當初受不了這種生活的人是你啊。兒子，你不是說過嗎？想脫離窮日子，不讓任何人看不起。」

「當初我叫你記住李妍星，你也說好。現在機會來了，你別跟我說你不把握。」

「你都忘了嗎？你說過一有機會就要翻身！」

——他國中和很多同學借了錢，都沒有還。

——他明明家裡沒錢，為什麼要讀貴族學校？

——安諾少進貴族學校，只是為了搭上有錢人。這件事我早就說過了，妳就是不信。

她止住呼吸，眼前一片花白。她沒有失去意識，卻覺得自己快要聽不見也看不見。可那一瞬間，她還是聽到了那句令她心碎的話——

「……我沒忘。」

在妍星離開那裡，墜落夜色之前，安諾少這麼說。

李妍星：我原以為那是人之常情。可在你身邊久了，我卻擅自期待了。你在我心裡不一樣，但終究，沒有不一樣。

04

「妍星，妳在發什麼呆？」

見副會長一直望著窗外，施螢螢忍不住靠近問了。但妍星沒回答她，好像根本沒聽見一樣。

「喂，姸星！今天安諾少不都回來上課了嗎，妳還在看著窗外想誰啊？」

聽到安諾少的名字，她終於有了反應。她轉頭看施螢螢，淡淡地笑了一下。

「沒啊，沒想誰。最近事情太多了，我在思考。」

「啊？哪有什麼事，我們在去探望會長之前，就都忙完了啊。」

連禦經過辦公桌前，諷刺道：「說得好像妳對那堆公務有貢獻一樣。」

「幹嘛這樣，我也有幫忙聯絡廠商……喂，連禦你一大早嘴巴這麼嗆，撿到坦克喔？」

「他、他不是一直都這樣嗎……」潘佳芯小聲地說。

「哼。」

施螢螢也習慣了，便轉移話題：「對啦，這堆花我們到底要怎麼處理？根本多到爆，我都不知道怎麼走路了。」

潘佳芯看了一下辦公室周遭，的確，都被送給安諾少的花束擠滿了。要是沒出這次意外，他們都不知道安諾少的人緣這麼好。

「有差嗎？妳根本都在沙發上躺著。」酸歸酸，連禦還是摸了摸鼻子，「不過，太多花，我都快要過敏了。還是把它處理掉吧，李姸星？」

眾人一致望向李姸星。

而她只是撇過頭，語氣淡漠：「嗯？隨便吧，問本人也可以。」

「啊？妳不是都很在意整潔的嗎？什麼時候會問安諾少的意見了……」施螢螢頭上一個大問號。

「說到那傢伙，他到底去哪了？」連禦皺眉。

潘佳芯回答：「啊，他好像在訓導處聽楊仁浩的道歉。」

「哼，道歉個屁。腳都扭到了，不能出賽，手機又摔壞，那傢伙還是拿錢來比較實際。」

「我也覺得。不過呢，會長又不愛錢，拿錢給他也沒用啊！」施螢螢笑嘻嘻地說。

「……那也不見得吧。」妍星忽然說。

連禦轉頭看她，奇怪地皺了眉。施螢螢倒沒發現，繼續擺弄放在桌上的花束，「說到這個，安諾少有錢買新手機嗎？之後該不會很難聯絡到他吧？」

「那件事不用擔心，我已經買了。」

妍星從辦公桌前起身，所有人都看著她。她若無其事地將一個紙盒放在桌上，便走向學生會的門。

「這個等一下幫我拿給安諾少。我先走了，今天家裡有事。」

「咦？安諾少不是住妳家嗎？不等他喔！」

「……」妍星的腳下頓了頓，「嗯，司機晚一點會再來接他。」

「喔……」

幾個人目送她離開，直到她出去，施螢螢才想到：「不對啊，都住一起，幹嘛還要我們轉交？」

「誰知道她，發病了吧。」連禦也起身，「今天沒事的話，我也回家了。」

他才剛走到門邊，那扇門就被粗暴打開。他愣了一下，安諾少焦急的模樣便出現在所有人面前。他衝進學生會，還把門用力甩上。

「各、各位！外面太恐怖了，先別出去。」他氣喘吁吁。

「幹嘛？」

「啊，我來的時候看到一堆學生站在門外，好像是要歡迎安諾少傷癒回來吧。」

「何止是一堆！根本是一大坨！」他累得癱倒在沙發上，「我花了好多力氣才擺脫他們。」

「呵呵。」潘佳芯被他的模樣逗笑，「會長，這表示你很受歡迎，努力做的事大家都有看到啊。」

「……也表示你的腳已經完全好了。」連禦瞥了他一眼。

「說到這個……學生會好像也快卸任了啊。」施螢螢忽然有感而發。

聽了，安諾少便緩緩想起這一年的時光。對啊，他都忘了。選上會長已經一年，再沒多久就要卸任。他們做了這麼多事，究竟有沒有對學校產生影響呢？

他下意識地望向李妍星的座位，卻發現那裡沒有人。

「啊，李妍星在哪？廁所嗎？」他問。

施螢螢隨口答，「她回去了啊，沒跟你說喔？」

安諾少愣了愣，好一會兒才說：「哈哈，沒有耶。」

「真怪，明明搞曖昧都搞成那樣了……」

「我再打給她吧……啊！靠，我忘了我手機壞掉。」他沮喪地說。

聽見這話，眾人才想起妍星留在桌上的東西。施螢螢連忙叫他去拆，搞不好是那支最新款的旗艦手機。雖然同樣的機種，她已經有好幾支了。

而連禦無聊地看著他們，沒多久就起身走了。與其留在這裡，還不如回家打電動。反正，外面那些喪屍也不是來找他的。

不過，他萬萬沒想到的是——

說要回家的李妍星本人，居然坐在廣場旁邊的木椅上，凝神發呆。

連禦：安諾少摔壞手機，李妍星摔壞了腦子？

05

他本來不想靠近她的。

那傢伙雖然腦子聰明，可感情上過不去，總想一些沒必要的事情。而他，從小到大都活成這個冷淡的樣子，漠然如他，一點也不想在這時候關心這種事。

應該說，他對那兩人的感情已經厭煩了。

於是，他頭也不回地往校門的方向走。

可那風一吹來，點點白絮在李妍星的附近飛。

連禦默默停下腳步，轉移目光，正巧對上正在撿衛生紙的她。

「連禦？」她嗓音有點乾。

「……」

他望著她手中的衛生紙，還有微微泛紅的眼睫——那該不會是，眼淚吧？

「妳幹嘛不回家？」

「啊，就……想說散步一下。」她別開眼，勾了一下嘴角。

真難看。

他討厭她不聰明的樣子。尤其逞強的那一面，最討厭。

連禦嘆了口氣，走過去，一屁股坐在她旁邊。妍星愣了下，但也沒說什麼，只是安靜地看著前方。

「安諾少已經回來了，再沒多久，就會發現妳在這裡。」

「哦。」她不知道該回應什麼。

「走之前，我好像看到他一臉蠢樣地看著妳送他的手機，很感動的樣子。」

「嗯……」

「學生會外面都是人，跟喪屍一樣，白癡才留在那裡。」

「……」

「還有，我這手鍊是我媽帶我去算命來的。」

妍星愣了一下，轉頭看他。現、現在是啥話題，她怎麼跟不上？

但連禦不管她，繼續說：「我媽很迷信，從小老愛帶我算命，但我根本不相信那個，跟她吵了好幾次架。我本來都想離家出走了，直到某次她出了車禍。」

妍星瞪大眼，正要說話，但連禦又開口：

「什麼鬼表情？她沒事啦，只是小擦傷。」

「喔，我以為……」

這次換連禦瞪她，「妳別跟她一樣，什麼事都想得很誇張。總之，雖然她沒事，但我問她為什麼偏偏那天要騎腳踏車出門，結果，她說算命的跟她講，如果那天她騎機車來接我放學，我就會有血光之災。」

「啥？這沒根據吧！」妍星皺眉。

「她哪管什麼根不根據。我那次很生氣，又跟她大吵一架。」他停頓了下，像是想起那天的事，一向冷冽的目光竟變得柔和。「不過，我後來想想，她也是怕我出事啊。我爸告訴我，她妹就是因為不信邪才出意外過世的。雖然我現在還是不信那些，但我知道，我媽也是擔心家人才會那樣吧。」

「你倒是比想像中善解人意。」她終於露出笑容，「然後呢？」

「沒然後了。」他又恢復了撲克臉。

「咦？」她錯愕，「我還以為你要講什麼寓意深長的故事……」

「屁啦！我只是想表達這條手鍊的由來。」他舉起手，讓她再度看清楚那條手鍊。他似乎是真的很寶貝它，要是她沒撿到，連禦肯定會很難過吧。

「所以，這條手鍊是算命來的？算什麼命？」她問。

連禦淡淡地瞥她一眼，好像很不情願，「算命的說，誰撿到這條手鍊，誰就是我的真命天女。」

「……」

「妳別給我露出那種智障表情，我可不是在跟妳告白。」

「我、我知道，但是……」她噗哧一笑，「我很抱歉，哈哈！」

「哼。總之，雖然我不信算命，不過……」他再次強調自己不信，才說：「如果沒有那傢伙的話，我可能會試著去更了解妳看看。」

「咦？」她抬眼，盯著他難得認真的目光。

「我的意思不是喜歡妳，別給我誤會。只不過，你們既然都已經明顯到讓任何人打消更深入了解你們的念頭，那就別因為一些無聊的事情吵架。」他一連串說完，才又嘆了口氣。

這時，她才明白原來連禦是在鼓勵她和安諾少。她的反常，或許他也發現了。可是啊……

「不是無聊的事。」她別開視線，語氣淡薄，「而且，也沒有吵架。」

「隨便啦，但妳心情不好是事實吧？」他說：「雖然不知道原因，但八成是因為那蠢蛋。他啊，雖然話很多，但可能比我還不會表達自己。反正，不要因為一些溝通上的誤會就在那邊生奇怪的氣，不然，我可能又要看到一隻可憐的落水狗在妳身邊繞來繞去了。」

連禦的形容讓她忍不住笑了。

不過，那有可能是誤會嗎？都親耳聽見了……

可她，想起了那雙載滿她身影的眼睛——

他看起來樂觀，但偶爾會顯露傷痕。他口齒伶俐，可總是不小心惹她生氣。他看似什麼都不在意，卻會為她的一個小動作，而感到難為情。

或許，她還不夠靠近他。

或許……安諾少還有很多她不知道的事。

她不知道的事太多了。

在不了解之前，就下定論……那樣，可以嗎？

「愣著幹嘛？妳在這裡哭也沒用，快去找他把事情解決比較實際。」他不耐煩地說。

「喂，你講話愈來愈沒大沒小，幾天沒罵你，反倒跑來教訓我了。」雖然嘴上這麼說，但妍星的臉上掛著淡淡笑意。

「我有什麼好罵的？去罵那個蠢蛋才有用吧。」連禦站起身，冷淡地瞥了下學生會的方向。「……他應該還在。我走了，掰。」

「喂！連禦。」

而她，在他離開那張木椅後，輕柔地叫住了他。他側過頭，餘光只見她不同以往的溫和微笑。

雖然失去了一些自信，但仍有期待——

「這次你總該是在安慰我了吧？謝謝你啊。」

「……」

那樣渺小的力量，終究是不滅的恆星。穿越了時光，度過無數黑夜之後……

總有一天，會再度找到光的吧。

潘佳芯：我們見過她笑的樣子，知道那就是屬於她的光。真希望，會長能知道自己的存在有多重要啊……

章八　何其耀眼

01

她回到學生會，發現人群已經散去。

安諾少也不見人影。

她輕輕地走近，只見施螢螢和潘佳芯正坐在沙發上聊天。一看是她，兩人熱情地打招呼。

可她只想知道安諾少在哪，她們看了她一會兒，也從表情看出她的急切。

「妍星，妳剛才不是回家了嗎？還是妳要找會長？」施螢螢慵懶地斜躺著，「他剛才拿著手機出去囉。喂，妳還真的大手筆送他那支手機啊？雖然對妳來說是小錢，但那支很潮耶！」

「……我也沒多想什麼，只是那支送貨的速度比較快。」她頓了一下，「他往哪裡去？」

問完，她才想到自己可以打電話給他。妍星拿出手機，但施螢螢制止了她。

「他今天好像沒帶卡耶，妳打他手機應該沒用。啊，那他這樣要怎麼跟妳家司機聯絡？」

「我、我剛才有聽到他說要去搭車的樣子……」潘佳芯想了想，「不知道是公車，還是計程車？」

「嗯，那我去站牌那裡看看吧。走囉。」妍星隨意地揮了揮手，就轉身走掉。

「啊，妍星，我說妳……」

「嗯？」

她回頭，施螢螢和潘佳芯都看著她，不約而同地露出擔憂的表情。

「妳是不是跟安諾少吵架了？」

她無奈笑了，真有這麼明顯？不過，安諾少只是單方面被她冷落，根本不知道她怎麼了。

這麼一想，今天被獨自留在學校的他，真是可憐透了。

「沒有啊。」她搖了搖頭。

「喔，那大概又是他犯蠢，惹妳生氣還不知道吧。」

「妳怎麼跟連禦說得差不多……」

施螢螢大笑，「因為，安諾少是個好人啊！只是笨了點。嘿，雖然不知道他幹了什麼蠢事，但那傢伙一定不是故意的，就原諒他吧。」

「我、我也覺得，會長如果影響到妳的心情，一定是不小心的！」

「妳們怎麼就……完全不相信他有半點不好的想法啊？」她忍不住笑了。

「還說我們呢，最相信他的人應該是妳才對。」施螢螢從沙發上跳起來，拍拍她的肩，「在大家都不相信他能選上會長的時候，妳是第一個幫忙他的。那時，就算妳嘴上不說，誰都能感覺到妳是真心支持他啊。所以啊，別被一時的情緒影響了，妳明明知道他很喜歡妳吧，怎麼可能會有傷害妳的想法。」

施螢螢第一次直白地說出安諾少的心意。雖然眾所皆知，但妍星的心還是徬徨地縮了一下。胸口，好像有點疼。

妍星望向話不怎麼多的潘佳芯，而她接收到她迷茫的目光，忽然握緊了拳頭。

「我、我會為你們加油的！」

「噗！佳芯妳在激動什麼啊？」施螢螢笑著說。

「嗯……」被她們的笑容感染，妍星勾起了唇，「謝啦！那我先走了。再不去找他，他就要迷路了。」

再不見到他，她好像也要迷路了……

她深吸口氣，在兩人的目送下，快速離開了學生會。

可惜，妍星到處都找不著他。

她到校內的站牌找過了，沒看到人。打回家問，德叔說安諾少還沒回去。

最後，她只能走到校門口，看看有沒有人在等計程車。

不過，還是沒有。

她嘆口氣，正打算去問警衛，誰知道警衛在餵狗。啊，是那隻在開學典禮上褻瀆她的狗……叫什麼來著？

「咦？是妍星同學啊。」警衛發現她。

「叔叔好，想請問你有沒有看見安諾少？」她禮貌地問。

「那小子喔？沒看見耶。啊，他最近不是都跟妳一起回去？」

警衛一邊逗那隻狗，一邊回答她。想起來了，牠叫蔥油餅，好像跟安諾少的感情不錯。

不過她周遭沒人養寵物，所以她不擅長和狗相處。安諾少有幾次在學校玩狗，她也只是站在旁邊看。

「對，但我今天……」她說到一半，抓了抓臉頰，「總之，我再去找看看，謝謝叔叔。」

「喔！好。」

警衛豪邁地擺擺手，妍星也乾脆地離開了校門口。不過，才走沒幾步，她就聽見警衛的吶喊。

「喂！蔥油餅，你要去哪！喂！」

妍星原地愣住，一轉身，就看見蔥油餅朝她衝過來。她大驚，下意識摀嘴大叫，但沒想到蔥油餅不理她，風風火火地掠過她身邊。

直到離她十幾步遠，才傻憨憨地回頭搖尾巴。

「你這傢伙……」她拍了拍裙子，無力瞪牠。

「汪！」蔥油餅朝她叫幾聲，又往前跑了兩、三步。

她在天色漸暗的校園裡，聽著蔥油餅宏亮的叫聲。不自覺地，就想起那張開朗的臉。

——在這學校裡，最沒有階級意識的就是蔥油餅了吧。

——不管有沒有錢、聰不聰明，牠都無所謂。只要對牠好，牠就會真心對你。

她差點忘了，他還對她講過這些話。那時，還被她嫌棄地罵了句「無聊」。

可是，當時的安諾少會是什麼心情？

她終究活在跟他不同的環境裡。天差地別，難以言喻。

安諾少靠近她的每一步，都是用盡了全力吧。

「汪！汪！」

她抬眼，專注地望著那隻狗。不知怎地，就邁開了步伐。

或許，平日他給予她的溫柔——

就像摘星一樣，耗足了莫大勇氣。

施螢螢：也只有在姸星迷惘的時候才能那麼說了。平常敢嗆她一次，就準備死一次。

02

夜晚降臨。在冬天的季節，夜色總是來得特別早。

她急忙出來找人，連外套都忘了帶，還真有點冷。姸星揉了揉自己手臂，慢慢地跟著蔥油餅往前走。

隨後，牠帶她到了禮堂外面。

「我到底跟著牠幹嘛？牠每天下午都躺在這裡曬太陽，這只是回來巡田而已吧……」

她嘆口氣，把身子靠在禮堂外的女兒牆邊，忽然就想起了那天的事。

——我跟她說，我有喜歡的人了。

——你喜歡的人多高啊？

「算起來……那次是告白嗎？」她喃喃自語。

那天，安諾少在眾目睽睽下，問她身高有多高。雖然旁人並不清楚這段對話的意義，但任何人都看得出來，那是曖昧的氣氛。也是在那之後，學校才開始流傳她和安諾少的八卦。

她知道，他們之間的感情，所有人都覺得很明顯。

可是，最迷惘的人好像是她。

她連彼此是什麼關係都沒有問清楚啊。

「唉，我到底在糾結什麼？聽了兩三句話就變成這樣，真夠慫的。還不如抓著他問清楚，不滿意答案就直接揍他一拳。」她抬眼望著夜色，「……對啊，這才是我的風格嘛。」

母夜叉？安諾少就是這麼說她的。

好吧，她就好好當一回母夜叉……

「汪汪！」蔥油餅又在那邊鬼吼鬼叫。

她翻白眼，轉頭看了一下那隻狗，只見牠趴在禮堂的門外，拼命地抓那道門。

「靠，那可不是狗抓板。」

妍星怒瞪牠，但蔥油餅顯然不懂。她只好走過去，蹲在那位狗大爺旁邊：

「好了，你別鬧，到時候門被你抓出洞來，學生會的經費又要沒了。」

「汪！汪！」

「可以說人話嗎？唉，算了，安諾少到底在哪啊？」

「汪——」像是在回應她的話，牠這聲特別興奮。

「為什麼你這麼像他？尤其是聽不懂人話這一點。」她嘆了口氣，無奈地拍拍牠的頭，「好吧，讓你進去晃一圈。然後……記得帶我找到他。」

她這話也不知道說給誰聽。

不過，她肯定安諾少還沒有回家。他們正一起，待在安靜無人的校園裡。

這麼一想，平凡的夜晚似乎也有了意義——

「汪！汪！」

門一開，蔥油餅嗑藥似地闖了進去。她若有所思地往裡頭望，那隻狗屁顛屁顛，沒多久就跑到舞台上。

昏暗燈光下，那裡坐了一個人。

「……」

她早該注意到燈是亮的。這月夜風高的，還獨自待在禮堂的傢伙……要不是阿飄，就是安諾少了。

妍星挺起胸膛，目光平淡地走了進去。那傢伙還坐在台上跟狗說話，直到聽見清脆的皮鞋聲，才霍然抬起頭。

安諾少只開了舞台上的效果燈。灑在他澄金色的髮上，像蜜糖似的。

她還看不見他的表情。可是，當知道他人就在那裡時，她忘了自己還下定決心當一回母夜叉，忘了要在澈底失望時，狠狠揍他一拳。

他就像她的糖罐子，不管裝的是糖，還是毒藥，都捨不得丟。

當妍星終於來到他面前，他坐在舞台上一動不動，原本輕輕在空中晃動的雙腿也停了。她一瞧，她送他的禮物……還在他手裡。

「幹嘛不回家？」她開口。

不對，是她丟下了他，好像不應該這麼說。

沒想到，安諾少勾起嘴角，沒吝嗇對她微笑。「我沒帶門號卡，聯絡不到……德叔。」

或許，他本來想說的是「妳」。

她吸了口氣，不自然地別開臉，「警衛還在啊，你記得我電話號碼吧？不對，你跟螢螢她們說要去搭車，怎麼人還在這裡？」

安諾少愣了一下，沒有回答。而她慢幾拍才想到，這麼問好像又不對。

不論是「沒錢搭車」，還是「妳好像不想見我」——她都不覺得他有辦法說出口。

「總、總之，跟我回去吧！」她匆匆轉身。

「……李妍星。」

他的嗓音太沉重，她有一瞬間不敢回頭。過幾秒，她才緩緩側過臉。

「幹嘛？」

「謝謝妳。」

「嗯？」她當下聽不懂，轉過去才看見安諾少拿著手機在她面前晃。「喔……沒啊，不買的話我要怎麼聯絡你，不用在意那個。」

「哈，怎麼可能不在意。」

她聽出他話裡的頹喪。安諾少別開了臉，嘴角上揚，眼睛卻承載悲傷的光。

「我啊……之後會去打工，還妳錢的。」

「幹嘛這樣？我不是說了，叫你專心學生會的工作。」

「也快卸任了啊。」他的語氣很輕，可她不喜歡那樣。

好像除去學生會之後，他們就不會有交集一樣。

「那、那也還有比賽啊！你好好練跑，別把時間浪費在工作上。」她焦急地說。

「不過，像我這種經濟狀況……」他把視線轉回她臉上，「本來就應該去打工吧？我是接受了妳的幫忙，才有機會在這段時間好好待在學生會。不然，我根本連繼續當會長的資格都沒有。」

「喂，安諾少，你又在那邊說什麼資格不資格，這事情我們不是討論過了嗎？我說——」

「說是討論，但也沒有結論吧。」他難得打斷她的話，「李妍星，其實……妳應該已經知道我為什麼接近妳了，對嗎？」

她沒想過，他會直接把問題的核心砸進他們之間。而在那一刻，她意識到一直以來都在逃避這道鴻溝的人……

或許，是她才對。

連禦：李妍星的風格？哼，雖然我常說她凶，但有時……那樣的人，可能也會是個膽小鬼。

03

昏暗的舞台上，妍星和安諾少並肩坐著。她安靜望著自己懸在空中的腿，忽然不知道該說什麼。幸好，安諾少先說話了。

「那天，我爸媽跟我說了那些話之後，我有注意到妳的態度變了。再加上妳今天不理我，我就猜，會不會是妳聽見了。」

「……」

妍星沒有應聲，而安諾少看了看她的側臉，繼續說：「不過，這些鳥事妳也遲早會發現。我其實一開始就知道妳是誰，知道妳家很有錢，更記得我爸媽對我的叮嚀。」

「妳會有怎樣的反應，會有多傷心……我也都知道。」他頓了頓，在那一瞬間，語氣忽然變得不諒解，「可是，妳為什麼還是把手機送我？妳為什麼還是找到這裡來，要我跟妳回家？妳難道……不生氣嗎？」

「怎麼可能不生氣！」

她其實還沒想好怎麼回應，但只有這句話，下意識就出了口。安諾少愣住，不一會兒便轉開視線，緊緊地皺了眉。

「那，妳要討厭我也可以。」

「我不會討厭你。」她深吸口氣，只覺得心在痛，「不對……我討厭死了。」

安諾少一時聽不懂她在說什麼，而她，倔強地說了下去：

「我說過，我討厭你這麼負面。雖然被騙也很討厭，但是，你喜歡我難道是假的嗎？我才不相信！」

安諾少握緊了雙手，嗓音乾澀：「……不是假的。」

「那就對了。」說完，她的聲音也變得微弱，「我只要知道這件事就好了。」說過了，逃避的人是她。

到了現在，她也只敢確認他的心意。其他的，什麼也不敢說。

安諾少嘆了口氣。下一秒，他伸出手，輕輕地抱住了她。

而她待在他的懷中，淚意上湧。

「奇怪，像我們這種年紀……應該要相信有愛就能打敗一切吧？」

妍星悶悶地問：「在說什麼啊？」

「我是說，就算我還不是大人，好像也能明白我們在一起會有多難。」

「……」

「而且啊，我是真的……很喜歡妳。」他離她太近，因此，她才能聽出他有多苦澀，「不過，喜歡也是當然的吧？不管是誰，接近妳是有目的，或是沒目的，在最後喜歡上妳……都是很容易的啊。」

「我喜歡人可不容易。」她的聲音比剛才更悶，「而且，我平時那麼凶，大概也沒多少人喜歡我。」

安諾少看不見她的表情，但她難得那麼說自己，讓他不贊同地皺住了眉。

「最好是，認識妳之後就會知道，妳是個溫柔的人。」

「溫柔？明明每天都喊我母夜叉。」

「我哪敢。」一來一往，他忍不住笑了，「反正，在我眼裡妳很溫柔。」

「我對你最凶耶，你是不是腦子撞壞啊？」

安諾少沒回答，倒是提起另一件事：「說起來，妳還記得開學那天的事嗎？」

妍星待在他懷裡，用餘光看了趴在舞台上的蔥油餅一眼。

「當然啊，那隻笨狗……」

他笑了笑，「牠闖進這裡，真的是個意外。不過，我看見妳的臉，就認出妳了。會把妳抓出去，也是因為妳是『李妍星』。」

「但是啊，妳那麼雙面，還直接對我飆髒話……我真嚇到了。」

「哼，那時候我對你不需要客氣吧。」

「是啊。不過，也是從妳罵髒話的那一刻起，我才開始對妳有興趣的。不然……妳就跟爸媽要我注意的那些千金沒什麼兩樣。」

「靠，安諾少你真的是被虐狂喔？」她傻眼。

「反正，那也算一見鍾情吧。」

他這麼說，讓她一時說不出話。她明明靠在他胸口，可聽見的卻是自己的心跳聲。

「但，我喜歡妳……那樣就夠了嗎？」他忽然說。

妍星沉默了一會兒，「你意思是，你爸媽會成為阻礙嗎？」

「不，他們不可能會阻止啊。但，我爸媽的『勢利』對妳來說也不公平，更何況……」他低聲說：「那天妳沒聽錯，我的確……比他們更厭倦這種生活。」

——別忘了，當初受不了這種生活的人是你啊。兒子，你不是說過嗎？想脫離窮日子，不讓任何人看不起。

——我沒忘。

她又想起那些話。的確，是安諾少的回答令她心碎。

可是，想擺脫那種生活，又有什麼錯？

「我知道妳今天不想理我，我也不是沒想過搭車回家，但一走到公車站，才發現卡裡沒錢了。想搭計程車，又發現自己的錢包連一張鈔票都不剩。當然，像妳說的，我可以跟警衛借電話打給妳，但……一想到妳可能聽見了那些話，我就沒辦法好好面對妳。」他握住了她柔軟的掌心，輕聲說：「其實，我剛才說的這些，都是在描述我們之間的不同。我不是仇富，只是，我的狀況一定會在未來拖累到妳。更何況，妳知道我爸媽是那樣看妳的，妳還有辦法跟他們相處嗎？」

「我當然可以。」她反握住他的手，「從小到大，別人看我的眼光本來就不會那麼純粹。就算是親戚，也有很多是為了財產才跟我交好的。這種事我早就習慣了，你根本不用擔心。」

「但那是我的爸媽，我希望……他們是真心喜歡妳。」

「喂！安諾少！」她從他的懷抱中抬頭，滿臉不悅，「你意思是我沒辦法讓他們真心喜歡我嗎？」

「呃，我不是那個意……」

「那就不要再跟我爭辯了！你都說了你不是大人，那，現在還是高中生的我們，就不能只看感情嗎？搞不好你明年就中樂透，比我家還有錢！」

他愣了愣，忍不住大笑，「喂，李妍星，妳明明從小經歷各種社交場合，擅長應對大人物又有商業頭腦，居然比我還任性？」

「你想被我揍嗎？這才不是任性！」

她被他氣到，便伸手將他推開。安諾少反應不過來，順勢掉下了舞台。他站穩之後，轉身面對還坐在台上的她。

在昏黃燈光下，妍星的臉微微泛紅，目光既氣憤又靈動。她緊皺的眉是在意，上翹的唇，是一片不想妥協的真心。

「我只是……想跟你在一起而已。」

她的嗓音，倔強又柔軟。而他的心，也在那一刻崩落得一塌糊塗。

安諾少伸出雙臂，將坐在台上的她攔腰抱起。當她圈住他脖子的那刻，他接住她跌落的唇，紮實地吻了她。

她把重量完全交給他，直到他將她安放在地面，都還在發愣。

安諾少再度環住她的腰，向前輕輕抵著她的額頭。而妍星在他眼裡，看見了比自己更耀眼的星光。

或許，她也早就想把他從天上摘下來，緊緊鎖在自己的糖罐子裡了……

「我也想啊，很想。」他的嗓子沙啞，「妍星，我大概是真的很膽小，可是……」

謝謝妳，直到現在——還願意給我勇氣。

他和她互相靠近，彼此吸引，在微弱的光亮中溫柔親吻。也許，在成為大人之前，她可以只看著他的雙眼，深陷其中，什麼也別管吧？

安諾少：我最難以抵抗的，是妳。謝謝妳，在我不敢擁抱妳的時候，握住了我的手。

04

「喂，你們說……那兩人是怎回事啊？」

施螢螢趴在沙發邊，瞇眼望著在辦公桌前打鬧的那一對男女。

「不、不是平常都這樣嗎？」潘佳芯歪著頭說：「他們感情一直都很好。」

「是啦，如果安諾少每天被打也算的話。」施螢螢撐住下巴，「不對啊，妍星已經兩個禮拜沒打他了耶，一定發生了什麼事。」

連禦停下手邊的工作，淡淡哼道：「說得好像李妍星是哪來的黑道大姐。」

「不是嗎？啊，她看我了，希望她沒聽見。」

連禦看了那方向一眼，發現妍星已經回頭，繼續和安諾少講話。他望著那兩人的互動，似乎有那麼一點不一樣。不過，也說不上哪裡不同。

或許，不管他們的感情怎麼進展——在旁人看來都是那樣吧。

他下意識摸了摸自己的手鍊，「……看來得繫好才行，不然又被奇怪的人撿到。」

「咦？連禦，你在說啥？」施螢螢靠過來問。

「沒事，我先回家了。」連禦倏地起身。

在走向門外之前，施螢螢又叫住了他。

「喂！等等！」

「幹嘛？」連禦不耐煩地回頭。

「這是什麼啊？你掉的嗎？」她從地上拿起手鍊，「哇，你也會帶手鍊啊，我都沒注意到……」

連禦的臉，一陣青一陣白。

「靠！還我！」

而在學生會還雞飛狗跳之際，新一屆的會長及幹部也在寒假前，熱熱鬧鬧地宣布當選了。這位即將上任的會長，是安諾少之前很照顧的某社團社長。他受安諾少的啟發，也決定不走學校的傳統老路，想把創新路線延續下去。

畢竟，學生一旦嘗試過新事物，就不會想回到以前那個封閉的時代。

也因為如此，這次出來競選的人，不分派別，都是意念和安諾少相近的學生。

所以，他們根本不擔心這次的選舉結果——

「就說，我們對學校的影響可大了！」施螢螢尾巴翹得老高，「雖然短期內還沒有什麼大成果，但至少，後面來參選的人都是像我們這樣的優秀人才，根本不用擔心啦！」

「妳還真敢說自己優秀。」妍星睨她一眼。

「幹嘛這樣！妍星，我很勤勞來學生會耶，請的假也不超過五次……嗯，十次？」

連禦一臉鄙視，「我如果是妳，就會馬上閉嘴。」

「不過，我覺得螢螢說得沒錯……」潘佳芯開心地笑了，「昨天我看到下屆會長，已經跑來跟會長請教學生會的事了。雖然會長常說自己沒做什麼，但，已經有很多人在這一年被他影響了吧！這是很棒的結果！」

「妳這麼說一說，突然很想辦個慶功會耶！喂，我們寒假來辦個派對怎麼樣？在我家……」

「我比較想在妍星家辦耶。」安諾少推開會長辦公室的門，加入話題，「雖然施家一定也很豪華，不過——」

「喂，我都還沒答應。」妍星軟綿綿地瞪他一眼。

「唔……說得也是。」

他拍了拍她的頭髮，「沒關係吧，這樣我們不用出門耶？」

「喂喂！」施螢螢崩潰大喊，「不准一直放閃！我們都還是單身狗！還有，會長你什麼時候開始妍星、妍星地叫了？以前不都連名帶姓的嗎！」

「呃，因為……妍星的名字很好聽啊……」安諾少搔了搔頭，滿臉幸福。

「幹，要瞎了。」連禦翻白眼。

潘佳芯小聲地說：「哪裡有賣墨鏡？」

妍星尷尬地無視他們，「總、總之！寒假找一天來我家吧，我辦個慶功宴，請大家吃東西。」

「哇喔！好耶！」

「哼，聽到吃的就另外一個德性。」

「我、我也好期待……」

「對了，我好像聽到外面有聲音。」安諾少忽然說。

妍星轉頭看他，「聲音？」

「對耶，外面好吵喔。」施螢螢從沙發上起身，「要不要出去看看？」

安諾少點了點頭，走到學生會大門前。妍星也跟在他身後，兩人對看一眼，便打開大門——

「恭喜卸任！」

「恭喜安諾少會長！李妍星副會長！」

「謝謝你們——」

「哇，連禦學長往這邊看了！」

「潘學姐！謝謝妳教我功課！」

「螢螢，這束花給妳……」

才剛開門，彩帶和拉炮鋪天蓋地而來，幾十個人聚集在學生會外面，紛紛為所有人送上祝福。

安諾少還愣在原地，沒一會兒就被下屆會長戴上了華麗的派對帽。一群學妹捧著蛋糕走過來，還把其他學生會成員都推上前，和安諾少聚在一起。

「會長，過去一年辛苦你了。我們提前辦了慶祝活動，想給學長姐一個驚喜。」下屆的副會長捧著一束花走過來，塞給了安諾少和妍星，「之後我們也會好好努力！請放心吧！」

「對，我們會讓社團和活動都延續下去！」

「恭喜卸任——」

「恭喜！」

「因為你們，吉他社才能起死回生啊！」

「讀書會讓我再也沒有科目被當了——」

這一年來，學生會做的事情有很多。雖然都不是大事，但的確一點一滴地改變了學校的風氣。安諾少站在原地接受大家的簇擁，聽著這些人的感激和分享，忽然覺得，自己當初不自量力地想要參選，真是最棒的決定。

還有，有李妍星這個一百分的副會長在身邊，真是太好了。

他在混亂中握住了她的手，與她相視一笑。再回頭，連禦、施螢螢和潘佳芯也都站在身後，發自內心地露出了程度不一的笑容。

有這些人的陪伴，才會有今天的學生會。

所以啊，他，安諾少——是何其有幸，才能擁有這些呢？

潘佳芯：獨自一人的時候，很難發光。但大家在一起，就比任何一顆星都還耀眼呢。

05

星空下，施螢螢隔著陽台的落地窗往外看，懶洋洋地倒在躺椅上。

「什麼嘛，我還以為有甜點和美酒，結果居然要我們自己烤肉。現在是冬天耶！要不是妍星家的陽台有暖氣，我早就冷死了。」

進來拿食材的連禦看著她沒用的樣子，哼一聲，「是因為安諾少說想要吃烤肉。在他的字典裡，沒有妳說的那些東西。話雖如此，我也比較喜歡吃烤肉……喂，妳要是再耍廢，就別給我吃，包括妳手上的肉丸子。」

「不過就是肉丸子，吃一下不會怎樣吧……哎！佳芯，我還想吃蝦子！」

潘佳芯才剛進來拿飲料，「喔！好、好的。」

「哼，無恥。」

「咦？」她大驚。

「我是說她。」連禦用鼻子指了一下施螢螢，就走出去。

妍星紮了個馬尾，在烤肉架旁忙碌了一陣子。安諾少看她忙，就走過去接下烤肉夾，「妳休息吧，換我來烤。」

「喔，行啊。」她點了點頭。

「不過，真沒想到妳那麼擅長烤肉耶。」

她狐疑，「為什麼？」

「妳平時不都去餐廳比較多嗎？或是妳家廚師做料理……」

「喂，你到底把我想得跟一般人差多遠？我爸媽也喜歡過節，中秋會找親戚朋友來烤肉啊。」

「也是，我想太多了。」他笑了笑。

妍星盯著他幾秒，走過去，趁他手裡拿著烤肉夾，就用兩隻手捏住他的臉。

「啊！痛痛痛！怎、怎麼捏我？」

「哼，我只是在警告你。」她放開，雙手叉腰，「別老想著我們之間的差距，就不能想點別的嗎？」

安諾少揉了揉臉，「比如說？」

「唔……」她刮刮臉頰，左顧右盼，難得有些不自在地說：「就、就我們對彼此的心意吧，那個就差不多？」

安諾少愣了下，笑著搖頭，「我肯定比較喜歡妳啊。」
「啥？我、我才不會輸給你！」
「輸不輸我是不知道，但李妍星，妳家要不要考慮收購一下墨鏡品牌，不然我這眼睛真他媽痛。」連禦冷冷地經過。
「……」真是抱歉啊。
施螢螢終於從室內走出來了，她手拿汽水，看看夜空就說：「說起來，放完寒假我們就要卸任了耶。」
「這話妳說過很多次了。」妍星提醒她。
「我知道啦！重點是，卸任之後要做的事。」
「什麼事？」
「當然是考大學啊！高三整整一年，都要埋頭苦讀！」她翻白眼。
「妳也會在意這種事？」連禦睨她。
施螢螢反應很大，「那當然！我爸媽雖然要我之後繼承家業，但是也說了畢業成績不能太難看。不然，他們就要叫我先滾去打工一兩年……」
妍星忍不住笑了，「像妳這種不食人間煙火的，能出去打工？」
「就是說嘛，佳芯，妳幫幫我吧！幫我補習！」施螢螢轉頭求助。
但潘佳芯只是傻傻地抓了抓頭髮，「不過，我自己的成績也很不穩定耶。螢螢，我們得一起努力才行。」
「妳要考哪裡？」安諾少好奇地問。

「師、師大……我想當老師。」她紅著臉說。
「也太適合妳了吧。」
「那，連禦你想考什麼？」
沒料到妍星會問他，連禦愣了下，才別過頭說：「誰知道，幾分就讀哪。不過，當然不是文科。」
「就知道你！其實很愛讀書吧？」施螢螢竊笑。
「嗯，感覺連禦同學最有可能往上讀到博士。」潘佳芯點了點頭。
連禦彷彿被看穿，僵著臉說：「靠，光說我，那你們兩個呢？」
妍星和安諾少對看了一眼，她從他的眼中讀出猶疑，沒多久，她就先開口：
「嗯……法律系吧。」
「咦？妳不繼承家業嗎？」施螢螢很驚訝。
妍星可是鞋業大亨的獨生女，她不繼承，誰繼承？
「也不一定要我啊，說實話，公司裡面有能力的人多得是。我想先試試興趣，再決定要怎麼做。更何況，讀法律系也能在我爸公司上班。」
她話說得流暢，想來是早就知道自己未來的路要怎麼走。安諾少望著她精明、有想法的模樣，便柔和地笑了笑。
妍星注意到他的表情，在眾人沒察覺時，揉捏了下他的掌心。
入夜後，宅邸一片寂靜。一群人打鬧到凌晨三點，終究是撐不住眼皮，一個個跑去睡了。
安諾少被安排和連禦一間房，但他沒待多久，就走出房門。

走過長廊，他敲了敲妍星的門，沒一下子就開了。那女孩站在門口，似乎正在等他。

「我就知道你會來。」她說話的樣子有些小得意。

安諾少親密地搔了搔她的臉，失笑道：「幹嘛？妳在等我？」

「也、也沒有特別等啦。喂，站在那裡不進來，是要冷死嗎？」說完，她就圈住他的手腕，把他拉進房。

「先說了——你等一下還是得回去睡。」

坐在床沿，她事先聲明。而安諾少勾起嘴角，一改純情本性，攬住了她的腰。

「……我知道啊，妳幹嘛特別說？」

他的嗓音，似乎比平時還低綿。妍星臉一紅，抬眼瞪他。

「就是警告一下……唔。」

他沒讓她說完，就吻了吻她的唇。她剛洗完澡，身體特別放鬆，沒多久就回吻了他。

這裡看不見夜色，但不知怎地，兩人的眼中皆是繁星。

她迷茫地睜眼，安諾少正近距離看她，臉色微紅。她忍不住嘴角上揚，輕撫他的臉，「……所以，你來找我是想說什麼？」

「也沒有啊，只是想找妳。」

「你都住在這裡了，有差這一天晚上？」

安諾少輕輕捏了她的手，「喂，妳是不是不懂熱戀期？」

「我、我才沒有不懂。」說完，她又豎起了眉，「你最近話很多耶，以前不敢說我，現在都敢了。」

「我總不能被欺壓一輩子啊。」他看看她變凶的表情，「……好啦，我錯了。」

她放鬆地笑了笑，沉默一會兒，便將頭靠在安諾少的肩上。而安諾少也沒說話，清空思緒，直視前方。

不過，有些事，還是難以避免地纏繞了上來。

到了今天，他已經沒想著要放手。可是，比起對未來有初步規劃的妍星，沒什麼想法的他還是認為自己不夠好。

或許以後會變好，但，那也只是或許。

現在的他，就是比不上她……

「情人節……你想怎麼過？」她忽然說。

而他聽了她慵懶甜蜜的嗓音，笑了下，便用力地搖搖頭。

「搖頭是什麼意思？你不想過？」她瞪眼。

「不，我只是在提醒自己，別再想些有的沒的。和妳一樣，只想著兩人之間的事……好像也挺好的。」

「喂，說得好像我除了戀愛什麼也不管一樣。」她坐正身子，若有所思地說：「不過，我們現在都還年輕。先多嘗試，再決定未來也不遲。就算暫時沒有想法，那也不是什麼罪啊。」

安諾少微怔，好一會兒才說：「妳好像都知道我在想什麼。」

「廢話，你一臉哀愁，但我又沒欺負你。」

「不過，妳不會好奇嗎？好奇我畢業後要做什麼。說不定……很無趣？」

她輕哼一聲，「能有多無趣？有我在的日子，你還敢說無趣。」

他心生憐愛，攬了攬她的腰，「雖然不想被我爸媽影響，但八成，我還是得去工作吧。靠比賽的獎金，不知道能撐到幾歲。要發揚光大，也是天時地利人和的事。」

「結論就是，你想去工作？」

「可能會讀夜校吧。」想了想，他說。

妍星一時沒說話，安諾少也不曉得她在想什麼。他不覺得夜校差，至少能讓他白天工作，晚上讀書。不過，這樣的學歷還是和她有差距。

他深吸口氣，「我會……努力讓妳爸媽覺得我很好。或許學歷不能，但在工作上我會盡全力。」

「你說這什麼老掉牙的台詞？好像我爸媽會給你一百萬，要你離開我一樣。」她睨他，「安諾少，我爸媽不是那樣的人。」

「可是，我爸媽是那樣的人。」

他的語氣平淡，像在說別人的事。但他的隱忍，她聽進了心裡。

「從小，我媽就要我多親近家裡過得不錯的朋友，甚至用我的名義跟那些人的爸媽借錢。雖然，我長大後他們就收斂了這種行為，但希望我找個有錢女友的想法還是沒有變。妍星，妳肯定是他們的完美人選，可我還是希望他們別那樣看妳。唉，總之……」

看來，楊仁浩那傢伙也說了幾句真話啊。

「嗯？」她望著他淡笑的樣子。

「我會保護妳。要是覺得委屈，就告訴我。」

她怔住，沒多久就笑了。

「至少啊，我可以肯定你不是媽寶了。」

「啥？」

她笑著拍他的臉，「安諾少，你不用在意這些。父母想替小孩找好的另一半，本來就是天經地義。只不過，你爸媽認為所謂的『好』就是有錢吧。但那也沒關係啊，我又不差，以後他們肯定會喜歡我的人，大於那些錢。我都這麼有自信了，你還有什麼問題嗎？」

「唉。」他伸手拉住她雙臂，輕笑道：「我總是會被妳說服耶？」

「廢話，我可是李妍星。」

「是啊——全能的李妍星。」

安諾少低聲說完，便將她推倒在床上。她一愣，一眨眼就見到安諾少在她上方，深深望著她。

「喂，安諾少……」

可他什麼也沒做，只是緊緊地抱著她。將頭靠在她的肩上，緊擁她柔軟的身子。

「……你幹嘛啦？」她被他的氣息熱得發燙。

房間內，安靜得只剩下指針的聲音。他在她緩緩放鬆下來之際，慵懶而幸福地開了口：

「我正在，抱緊我唯一的星星啊。」

李妍星：那隻純情的小獅子去哪裡了？我要告他詐欺！

尾聲

鄉下大貓咪：怎麼辦？等一下會不會搞砸啊？
妍星：有我在，你怕啥？
鄉下大貓咪：就是有妳在才怕啊。
妍星：為什麼？
鄉下大貓咪：要是做得不好，妳會揍我吧。
妍星：……我現在就想揍你了。

禮堂中，悠揚的樂聲還在迴盪。她安穩地坐在椅子上，手邊卻很忙碌。

她望著螢幕中的文字，悄悄地笑了起來。那時，右邊傳來一道無奈的嗓音。

「明明就坐前後，還硬要傳訊息是怎樣？還有，這種時候還敢用手機，妳也變太多了吧？」

她愣了一下，抬頭撞見連禦鄙夷的目光。輕咳兩聲，她把手機放進制服口袋，佯裝什麼也沒做：

「我只是在給他信心。要是搞砸，我就麻煩了。」

「……麻煩的是你們。」

「喂，妍星，輪到妳上台了！」施螢螢低聲在她左邊說。

「加、加油！」

她往後看，潘佳芯正用氣音為她打氣。

妍星笑了笑，自信地起身。

往台上的路不算太短，她還有時間感受沿路眾人的崇拜目光。可她真正在意的是另一邊，越過了整排班級隊伍，那個步伐、速度、笑容，都和她一致的人。

她加深唇邊的弧線，正視前方，緩緩走上台階。

當她靠近講台，沐浴在白色燈光下，這場重大的典禮便正式開始——

「校長、老師和各位同學好，我是三年五班的李妍星。」

她的嗓音依然清澈，字句分明，還帶一股渾然天成的傲然自信。以往，她本該繼續說下去，但這一刻，她微了微笑，輕輕側頭，望向站在身旁的人。

那人胸前別了一朵艷紅的花，給了她同樣溫柔自信的眼神。然後，他望向台下師生，嘹亮地開了口：

「我是，三年五班的安諾少。」

「我們——是今年的畢業代表。」

語畢，禮堂響起了足以蓋過音樂的掌聲。她在人海裡找到了連禦、施螢螢和潘佳芯的臉，對上理解目光，笑容更加盛放。

「很榮幸，今年可以用畢業代表的身分，站在這裡和大家分享這三年的精采回憶。此刻，我們聚集在這個地方，準備前往下一段旅程。」

「今天，是我們難忘的日子，在經歷了……」

安諾少和她輪流朗誦講稿，開學那天的回憶，也在此刻流入內心。雖然一眨眼，三年就過了，可幸好，身邊的人還是如同最初，讓她發自內心地揚笑。

以前，她都是一個人站在台上，代表所有人致詞。

但今天，她的身旁有安諾少。這個為校園帶來改變的學生，破格讓校長欽點他上台，擔任第二位畢業代表。

剛好，他也是去年風光卸任的學生會長。站在台上，就足以豐收所有人的崇敬目光。

「最後，各位親愛的同學，我們……」

「汪！汪！」

一道嘹亮的吼叫聲中斷了畢業典禮！

妍星回過神來，那張黑漆漆的臉果然又貼在她的腿上。

「蔥、蔥油餅？」安諾少大驚。

「喂，又是誰讓那隻狗跑進來！快把牠抓走！」訓導主任在台下大吼。

一聲令下，所有在旁邊的人立馬上前抓狗。可蔥油餅太靈活，在台上跑來跑去，時不時又回來舔一下妍星的腳。

安諾少無奈地笑了，在那一秒，伸手將妍星整個人打橫抱起——

「哇！」她下意識抱緊他的脖子。

舞台白光打下，那兩人對視的模樣，一分不少地投影在禮堂大螢幕上。眾師生一陣驚呼，口哨、掌聲紛紛響起。所有人都知道他們的戀情，可那一刻，妍星還是紅透了臉，難為情地望著安諾少。

「走吧，我們跟著蔥油餅出去？」安諾少忽然在她耳邊說。

「咦？你這傢伙……」

他低笑，「嗯？」

「走就走……喂，你該不會要抱著我？喂！」

安諾少當然沒理會她的呼喊，直接將她抱著，一溜煙地衝下台階！蔥油餅見他逃跑，立刻興奮地跟了上來，無視抓狗人員的崩潰吼叫，將他們遠遠甩在後頭。

禮堂外，安諾少又一路跑到校門口，才把她放下來。望著他流汗喘氣的樣子，妍星忍不住大笑，還伸手替他擦汗。

「要什麼帥？抱著我跑這一段路，不累啊？」

「上次是牽妳，這次想抱妳啊。」他邊喘邊笑，「要循序漸進嘛。」

「是嗎？那……你現在親我？」

他愣住，「咦？」

「當我沒說！」妍星別過頭去，但臉上在笑。

她本來就隨便說說，也有點害羞。可安諾少哪會放過這個機會，一個箭步就往她臉上重重親了一下。在她還想著「幸好沒人」時，警衛的咳嗽聲壓過了她的胡思亂想。

「呃，你們又帶蔥油餅回來？畢業典禮結束了嗎？」

「警、警衛叔叔……」

妍星直接彈開，安諾少也立馬原地站好。警衛看他們的樣子，有趣地笑了。

「抱歉啊，蔥油餅總是亂跑。」

「沒關係啦，我們也玩得滿高興……咦？那是施螢螢嗎？」

安諾少指向後方，只見施螢螢似乎帶頭衝了出來。她拉著連禦的手臂狂奔，潘佳芯一臉緊張地跟在身後。

「真是的，我們逃跑，那幾人也跟出來了啊？」

「還不是都在學生會跟你學的。」

他們相視一笑，手不知不覺地就牽在一起。可施螢螢像一陣風，平時不運動的她，竟用跑百米的速度來到她眼前——

「妍星！妳、妳麥克風沒關啦！」

「啥？」

她愣了愣，往自己的領口看。

幹！今天手持麥克風壞了！她戴的是無線小蜜蜂！

——上次是牽妳，這次想抱妳啊。

——那……你現在親我？

讓她死了吧！啊啊啊啊啊啊啊啊！

典禮結束後，一群人坐在廣場階梯上，無憂無慮地望著天空。

三年前，他們在班上相識；再後來，還一起進入了學生會。做了大大小小的事，重要的、不重要的，深刻的，和充滿歡笑的。

把學校鬧得雞飛狗跳，卻也堂堂正正地搞了幾次大事。

這一切，或許是高中時光賜予的最棒禮物。

「晚點我就要搭車回去了。」施螢螢起了身，站在他們面前，「不過啊，暑假再約出來玩一次吧！」

「整天只知道玩。」連禦別開臉，露出淺笑，「但我暑假沒事，是沒什麼差。」

「好啊！玩個幾天吧。」潘佳芯熱切地點點頭。

「也行，不過時間要喬一下，我可能會有點忙。」安諾少笑著望向他們。

妍星看他，「補助金已經拿到了？」

「嗯，學校也安排好日程，就等我去訓練。」

施螢螢拍了拍手，「哇！你真的很酷耶。誰能想到校長還為了你去和體院談，讓你獲得了一大筆補助金。再加上我們學校的贊助，足夠讓你專心比賽好幾年，為大家爭光啦！」

安諾少滿足地笑了，他伸手牽住妍星的手，自信道：

「雖然幸運，但我的實力也絕對不差。你們等著吧！搞不好沒幾年就得讓我在鞋上簽名，拿去賣個好價錢。」

「哎喲，有夠囂張的！」施螢螢推了他一把。

「哼，我剛好缺錢。到時候買個一百雙給你簽，別搞砸啊。」

「會長！一定要加油喔！」

「哈，我已經不是會長了。」

妍星望著他在陽光下的側臉，笑說：「嗯，但你做的事情會被大家記得。至少在畢業的這一兩年，學弟妹都還會想起我們吧。」

「我！我也會想大家的。」施螢螢忽然說。

所有人一致望向她，而她扯下了胸前的紅花，「嘿嘿，雖然我本來就很常去妍星家串門子，不過啊，你們都得常來玩喔。這個胸花，就放在妍星家保管好了。」

「我沒事保管那個幹嘛？」

「妳家這麼有錢，做個學生會畫廊紀念大家唄。」

「靠，妳是不是忘了自己的身家……」

連禦也站起了身，把胸花丟給她，「那就拿去吧。」

「喂！」

潘佳芯溫柔地摘下花，雙手遞給她，「那、那就麻煩妳了！」

「你們真是……」

安諾少握緊了她的手，溫柔安撫道：「哈，沒關係啦，我會幫妳保管這些花，不用擔心。」

「說得好像我們不住一起。」

說完，妍星也笑了。施螢螢望著他們，打趣說：「聽說妍星爸媽同意了？恭喜你們可以繼續同居！哇，高中就住一起，那什麼時候要結婚？」

「喂，再胡說八道就揍妳。」

沒想到安諾少很認真，「嗯！我會找個天時地利人和的時間，別擔心。」

「才沒有人在擔心！」她臉紅。

「啊，我家司機來接我了。」施螢螢往校門口走了幾步，「那就先走啦！說好了，暑假再約出來玩喔。」

「我也回去了，家裡晚點要出去吃飯。」連禦跟著說。

「我、我也是！我哥要帶我先去師大看看。」潘佳芯高興地揮了揮手。

妍星點了點頭，「好，你們幾個回去小心。」

「再見啦！」安諾少活力十足地道別。

幾個人走到校門口，又同時回了頭。鳳凰花在校園裡盛開，和她準備悉心保存的畢業胸花一樣艷紅。

妍星牽著安諾少的手，凝望學生會的同伴。而他們，在即將踏出校園時，不約而同地轉身揮了揮手。

「喂！明天就見吧！別約什麼鳥時間了！」施螢螢在遠方大喊。

「好啦！」妍星也喊了回去。

「明——天——見！」安諾少吼得比她更大聲。

幾道嗓音迴盪在校園廣場，一切喧鬧都像日常，平凡可愛。

離別後，一輛黑色轎車穩當地停在了門口。安諾少看了她一眼，低聲說：

「那，我們也回家吧。」

「好啊。」

「以後還是每天都能見到妳，真是太好了。」

妍星隨口說：「那你入贅吧，永遠住在我家。」

「好啊，我入。」他秒答。

「噗！連想都沒想就答應？」

「沒辦法啊，誰叫妳是恆星。」他停下腳步，摸了摸她的臉頰，「我會一輩子繞著妳轉。」

她聽著他熱戀的嗓音，把他笑的樣子都印在心裡。那一刻，她發現自己眷戀他的步伐，看似追在她後面，卻總是帶著她一起走。

她啊，想與他並肩，看看這青春時光，能美成什麼樣子。

以後，還有以後，都想攜手，肆意浪漫——

「不了，你還是……把我摘下來，永遠待在你身邊吧。」

【全文完】

後記

哈囉，我是凝微。今年初出了一本書，沒想到接近年底，又生了一本給大家。我知道這很不像我，不過，真心希望你們會喜歡最近幾次的作品！

我很喜歡創作不同風格的書，繼上次溫柔療癒的《月見似妳，溫柔如他》，還有年初那本懸疑又虐心、甜蜜的《餘溫》，這次我又帶來跟《青春不乏你喧鬧》比較相似的《摘星咬一口》啦！

我一直都想寫寫學生會的故事，也很喜歡妍星這樣的女孩子。我不希望這本書有太多煩惱，希望它可以是一個可可愛愛的日常，最好能喚起學生時代「曖昧」的心情，讓大家輕鬆吃糖。所以，就寫了這樣的書！

當然，我也在書中讓《青春不乏你喧鬧》的四人幫登場了！想念他們的朋友，趕快去翻翻書！還沒有看過的，快快快快去看！我超喜歡祝恆啦！（亂告白）

工作了幾年，還真沒想到我能一直這麼寫作下去。雖然時間少了，但想寫的故事還是很多，如果大家喜歡，我會用我的步伐和節奏，慢慢地把想說的故事一個個說完，放在書架上讓你們看。（笑）

也很感謝到現在一直支持我的小微光，我超喜歡你們跟我分享心得！

最後，也要謝謝我的責編齊安，還有秀威出版社。瞧瞧這辣爆的封面，要不是他們的支持，我怎麼可能有這麼美的封面圖！推爆繪師Tamaki，把姸星和小獅子畫得又香又可口！

那，話不多說，我們下一本書再見啦！

凝微

要青春76　PG2535

要有光
FIAT LUX

摘星咬一口

作　　者	凝　微
責任編輯	喬齊安
圖文排版	蔡忠翰
封面插畫	Tamaki
封面設計	王嵩賀
出版策劃	要有光
發 行 人	宋政坤
法律顧問	毛國樑　律師
印製發行	秀威資訊科技股份有限公司 114台北市內湖區瑞光路76巷65號1樓 電話：+886-2-2796-3638　傳真：+886-2-2796-1377 http://www.showwe.com.tw
劃撥帳號	19563868　戶名：秀威資訊科技股份有限公司 讀者服務信箱：service@showwe.com.tw
展售門市	國家書店（松江門市） 104台北市中山區松江路209號1樓 電話：+886-2-2518-0207　傳真：+886-2-2518-0778
網路訂購	秀威網路書店：https://store.showwe.tw 國家網路書店：https://www.govbooks.com.tw
總 經 銷	聯合發行股份有限公司 231新北市新店區寶橋路235巷6弄6號4F 電話：+886-2-2917-8022　傳真：+886-2-2915-6275
出版日期	2021年1月　BOD一版
定　　價	280元

國家圖書館出版品預行編目

摘星咬一口/凝微著. -- 一版. -- 臺北市 : 要有光, 2021.01

面； 公分. -- (要青春 ; 76)

BOD版

ISBN 978-986-6992-60-5(平裝)

863.57 109020406

讀者回函卡

感謝您購買本書，為提升服務品質，請填妥以下資料，將讀者回函卡直接寄回或傳真本公司，收到您的寶貴意見後，我們會收藏記錄及檢討，謝謝！如您需要了解本公司最新出版書目、購書優惠或企劃活動，歡迎您上網查詢或下載相關資料：http:// www.showwe.com.tw

您購買的書名：______________________________

出生日期：________年________月________日

學歷：□高中（含）以下　□大專　□研究所（含）以上

職業：□製造業　□金融業　□資訊業　□軍警　□傳播業　□自由業
□服務業　□公務員　□教職　□學生　□家管　□其它____

購書地點：□網路書店　□實體書店　□書展　□郵購　□贈閱　□其他

您從何得知本書的消息？

□網路書店　□實體書店　□網路搜尋　□電子報　□書訊　□雜誌
□傳播媒體　□親友推薦　□網站推薦　□部落格　□其他__________

您對本書的評價：（請填代號　1.非常滿意　2.滿意　3.尚可　4.再改進）

封面設計____　版面編排____　內容____　文／譯筆____　價格____

讀完書後您覺得：

□很有收穫　□有收穫　□收穫不多　□沒收穫

對我們的建議：______________________________

____

____

____

請貼
郵票

11466
台北市內湖區瑞光路 76 巷 65 號 1 樓
秀威資訊科技股份有限公司 收
BOD 數位出版事業部

（請沿線對折寄回，謝謝！）

姓　　名：＿＿＿＿＿＿＿＿　年齡：＿＿＿＿　性別：□女　□男

郵遞區號：□□□□□

地　　址：＿＿＿＿＿＿＿＿＿＿＿＿＿＿＿＿

聯絡電話：(日)＿＿＿＿＿＿＿＿(夜)＿＿＿＿＿＿＿＿

E-mail：＿＿＿＿＿＿＿＿＿＿＿＿＿＿＿＿